未来の自分に出会える古書店

齋藤 孝

文藝春秋

目次

未来の自分に出会える古書店

プロローグ

遠くの空がぼんやりと霞《かす》んで見える。また春がやってきた。ほんの少し不安でもあり、何か新しいことが始まる予感がする季節でもある。

この街にも、そんなどっちつかずの気分をもてあましている二人の兄弟が住んでいる。

まずは弟の「メッシくん」。メッシくんというのはあだ名で、本当の名前は歩《あゆむ》くん

という。十三歳、中学二年生だ。サッカーのクラブチームのジュニアユースに所属している。将来の夢はJリーガー。

家の近くの緑道を走るのが日課で、名前どおりに静かにコツコツと努力を重ねている。真面目で正義感が強く、学校でもなかなかの人気者である。背丈はクラスで真ん中あたり。太腿やお尻周りは筋肉質でたくましい。毎日欠かさず牛乳を飲み続けているから、きっとまだ背は伸びるはずだと本人は信じている。

一方、兄の「ゴッホくん」。本当の名前は光《ひかり》くんという。十六歳、高校二年生で美術部とバドミントン部を掛け持ちしている。将来は画家か漫画家になりたいらしい。

弟とは対照的でチームプレーは苦手。保育園でも小学校でも先生からマイペースでユニークだと言われ続けてきた。意外とおしゃべりで友達も多いが、暇さえあれば絵を描いている。背はすくすくと伸びて百八十センチメートルを越えた。全体に見た目はほっそりとしている。

兄弟は、お母さんと三人で暮らしている。お父さんはずいぶん長いこと家族と離れて暮らしているが、詳しい事情はこの物語の終わりのほうでわかるかもしれない。

　二人が住んでいる街は、繁華街から電車で二十分くらい離れている。近くに大きな川が流れていて、緑もそれなりに多い。閑静な住宅街、古い一戸建てに暮らす彼らの朝の光景をのぞいてみよう。

　おや、お母さんが起きてきた。

　家で文章を書く仕事をしていて、昨日の夜も遅かったようだ。いつものことだが、朝からとっても眠そうだ。目を閉じたままガリガリと音を立ててコーヒー豆を挽いている。

　そこへ弟のメッシくんが、日課のランニングから帰ってきた。

「ちょっと、ここで靴下脱がないでよ」

　お母さんは、メッシくんが家に帰ってくると、いつもリビングで靴下を脱ぎ散らかすのが気に入らないらしい。

「一刻も早く解放されたいんだよ」

「脱衣所で脱いで、そのまま洗濯カゴに入れればいいのに」

毎朝繰り返されるやりとりだ。

最後に起きてきたのは兄のゴッホくん。

「ふあぁっ、二人ともうるさいよ」

大きなあくびをして、ひどい寝癖のまま食卓についた。

さて、この兄弟、二人とも成績は悪くはないが、得意な科目と不得意な科目の差がかなり激しい。

メッシくんは、小テストや定期テストなど、範囲が決まっていれば集中して勉強し、それなりの点数をとれるが、実力テストはガクンと成績が落ちる。特に数学は、「これが何の役に立つのかさっぱり分からない」と首を傾《かし》げる。体育や音楽など、実技教科はとにかく全力で取り組むため、成績は良く先生たちにも気に入られている。

ゴッホくんは、小学校の途中までノートも教科書もどこもかしこも落書きだらけ。授業中も絵に没頭すると、先生の声が入ってこない。新人の先生に「注意をしても授業中もずっと絵を描いているんです」と面談で泣かれて困ったとお母さんがよく言っていた。五年生のときにちょっと変わり者の先生に絵をほめられて、それ以来勉強にも興味が出てきた。現在はどちらかというと進学校の公立高校に通っている。成績も全体的には良いほうだが、国語の長文読解が苦手だ。

お母さんは、二人にはそれぞれ自分の好きな道に進んでほしいと思っているのだけれど、一つだけ心配していることがある。

それは、二人が本をあんまり読まないことだ。

お母さんは子どものころから本がとっても好きで、二人にも読んでほしいと思っている。だけど、いくら良い本を勧めても、かえってうるさがられてしまうから、最近は何も言わずに見守ることにしている。

まあとにかく、こうして、お母さん、ゴッホくん、メッシくんで、にぎやかな朝食が始まった。

今日は二人がそれぞれ中学、高校の二年生に進級して初めての登校日。

いま食卓では、メッシくんの通う中学校の近所に古本屋ができて、漫画が安く買えるらしいから帰りに寄ってみよう、なんて話をしているけれど……。

1

ポジションはベンチ

自己実現と友情

新学期の始まりは配布されるプリントがやたらと多い。次から次へと回ってくるプリントを、自分の分を一枚取っては残りを後ろに回す。その様子をぼんやりと見つめながら、自らも同じ動きを繰り返し、「ロボットってこんな気持ちなのかなあ」とメッシはつぶやいた。

「何、わけの分かんないこと言ってんだよ」

「お前はホント、いつもムダなことばっか考えてるな」

今年は保育園からの幼なじみ、ポンタとリョウが同じクラスになった。出席番号順でメッシの前の席にポンタ、右隣にリョウが座っている。

「なんかさ、クラス替えしてもたいして顔ぶれ変わんねえよなあ」

ポンタのぼやきは正しい。一学年は三クラス。ほとんどが同じ小学校から上がってくるため、中学二年生になってクラス替えといっても、男子も女子も知らない顔はいない。

「AIに取って代わられるって時代に何でこんなにプリントばっかり配るんだろ。メールで一斉送信すればいいのに」

リョウは斜《しゃ》に構えているようでいつも鋭い指摘をする。

「文句言ってないでサッサと後ろに回せよ。お前んとこにプリントたまってるだろ。俺、早く部活行きたいんだよ」とポンタ。

ポンタは校内のバスケ部で、あだ名の通り体は丸いが、動きのキレがいい。バスケットをしている時は生き生きとして、ボールが弾むようだ。一年生のときから頭角を現し、今では公式試合でもベンチ入りは確実。明るくて気持ちのいい奴だ。

一方、リョウはハンドボール部に所属しているが、名前だけの幽霊部員。入学した春にできた新しい部活で、先輩がいないから面倒臭く無さそうだと入部した。

軽い気持ちで入ってみると、顧問の先生は体育会系のハンドボール部出身。部活にも本気で取り組んでいた。

「やる気のない奴は来なくていい」と言われ、「それじゃ、行きません」と反射的に答えて以来、学校が終わればサッサと帰宅し、トップレベルの進学校を目指しての勉強にシフトした。笑顔がさわやかだと女子に人気だけど、みんなはきっと裏の顔を知らない。

二人のやりとりを聞き流しながら、メッシは窓の外で春風に舞い上がる桜の花びらに目をやった。もう桜も終わりだ。

ひらひらと校舎の近くに飛んできた一枚の花びらに焦点を合わせて目で追っていると、道路の向こう側にできた古本屋が視界に入った。本を開いた形の看板に店の名前が書いてあるようだが、遠くてよく見えない。

「ああ、あそこかな。今朝、ゴッホが言ってた古本屋」

以前からあった古びた一軒家を、春休みの間に改装したらしい。

学校の周りは住宅街で、店といえば、今にもつぶれそうな文房具屋、小学生のたまり場になっている駄菓子屋、学校指定の上履きや体操服を取り扱っている洋品店くらい。この辺りは本屋もほとんどない。駅前にあった本屋も、一年前に店を閉めてしまった。

「リョウ、あそこの古本屋行ったことある？　帰りにのぞいてみようぜ」

「古い本読んで何が面白いんだよ。そもそもお前、サッカーの本しか読んでねぇじゃねえか。ネットで最新ニュース仕入れるところから始めろよ」

「ゴッホが言ってたけど、漫画が安く買えるらしいよ。俺、今日サッカーの練習ないんだよね。お前もどうせ部活は行かないんだろ」

メッシとリョウが寄り道の話をしているうちに、終礼はいつの間にか終わっていた。担任がこう言って締め括った。

「ということで、一年間よろしく。部活に行けば今日から先輩だな。頑張れよ」

「起立、礼」の号令が終わらないうちに、ポンタはメッシの背中をポンとたたき、「メッシ、お前もそろそろスタメンとれよ！」と言い捨て、部室に向かって走って行った。

他のクラスメイトもポンタに続いて、急ぎ足で教室を後にする。

「メッシはいいよな、月曜日はクラブチームの練習休みだろ。やっぱエリートは違うねえ。俺ら、しがないサッカー部だからさ、今日から後輩の世話しなきゃいけなくて大変なんだよ。ああ、忙しい、忙しい」

今日から新入生の部活動体験期間が始まる。二年生に進級し、これまで最下級生だった友人たちはみな先輩として一歩を踏み出すのだ。

学校の部活に所属せず、校外のクラブチームでサッカーをしているメッシは、放課後のこの雰囲気に慣れることができずにいた。

*

小学校一年生から地元のチームで地域の友達と一緒にサッカーをはじめ、そこではずっとエースだった。それなりに自信もついて、あこがれのクラブチーム「FCみらい」のセレクションを受け、見事合格。中学からはそのクラブチームのジュニアユースに所属することになった。

すべてメッシが自ら望んで決めたことだったが、学校では友人たちが部活について交わす会話に入っていけない歯痒《はがゆ》さがあった。

「こっちだっていろいろ大変なんだよ」

メッシはみんなからワンテンポ遅れて帰り支度を終え、待っていたリョウと一緒に教室を出た。

昇降口の周りにもグラウンドにも、新しい体操着を着て緊張気味の新一年生がうろうろしている。二年生がちょっと得意げに指示を出している姿を横目に、メッシはリョウと校門に向かって歩いて行った。

「あっという間に二年になったな」

「何だよ、みんなあんなに浮かれてるのに、お前はうれしくないのかよ」

リョウは「人の気持ちなんて知ったこっちゃない」という顔をして、なぜか誰よりも敏感に人の気持ちを察知する。

「まあねえ。春だからなあ」

「何だよ、好きなやつできた？　俺に任せろよ」

「違うよ。それに、もしそうだとしても、絶対にお前には相談しない」

「何だよ、つまんねえなあ」

桜の花びらが積もった道で「何だよ」とブツブツ言いながらおどけてスキップするリョウを見ていると、ほんのちょっと気持ちが軽くなる。

「あのさあ」

メッシは、そこまで言って、また黙った。

「何だよ」

「お前さ、さっきから、何だよばっかり言ってるの知ってる？」

「うるせーな！　何だよ！」

「ほらまた言った！」

二人ではしゃいで歩いていると、さっきの古本屋の前を少し通り過ぎてしまった。メッシは足を止めて振り返り、リョウに教えるように古本屋を見た。

「ほら、あそこだよ。さっき教室で言ってた古本屋。通り過ぎちゃった」

「そんじゃまあ、行ってみるか。付き合ってやるよ。ヒマだしな」

リョウはくるりと向きを変えて、古本屋へとズンズン歩いていく。メッシも小走りで後を追いかけた。

＊

店の入り口の上部には、本を開いたような形の看板が取り付けてあった。教室から見えた看板だ。よくみると古い木で出来ている。

「『人生堂』って書いてある。漫画もあるのかな」

「本当に古本屋かよ。なんか入りづらいな。本屋って普通、もっとオープンだろ」

一軒家の玄関を生かして改装したらしく、確かに入り口は狭い。ガラス製のドアだが中は薄暗くてよく見えず、道に面している大きな窓もすりガラスのようになっていて、店内の様子はぼんやりとしかわからない。看板だって見上げなければ目に入らないから、きっと、普通の家だと思って通り過ぎる人がほとんどだろう。

「この店、絶対に本売る気ないぞ」

リョウの見立てはだいたい当たる。

「一人じゃ入りづらいから一緒に来いよ」

メッシが念を押す。

「まあ、ここまできたら中が気になるからな。入らないとは言ってないだろ。でも、まずはお前から入れよ」

そう言ってリョウがメッシの背中を押したので、メッシがよろけてドアに触れたとたん、ドアが勝手に手前に開いた。

「うわっ！」

思わずメッシは声を上げる。

「こんにちは。どうぞ」

中から店主がドアを開けてくれたようだった。

「あぁっ、どうも。こんにちは」

慌てながらメッシが挨拶すると、その後ろからリョウがさわやかな笑顔でひょっこりと顔を出す。

「僕たち、古本屋ができたって聞いて、どんな店かなと思って見にきました」

こいつは本当に調子がいい。

「発注するガラスを間違えちゃってね。中が見えないもんだから、お客さんが来ないんだよ。君たち、お客さん第一号」

店主は、メガネをかけていた。ヨレヨレの白いワイシャツにチノパン。ワイシャツはヨレヨレだけど、清潔感がある。アイロンをかけるのが面倒なだけなのだろう。見るからに本が好きそうだが、そんなに頑固そうでもないし、怖い感じでもない。見た目は普通のおじさんだ。でも年齢不詳。そもそも中学生にはおじさんの年齢は分からない。

店内は六畳ほどの小さなスペースで、壁の上から下までびっしりと本が詰まっている。店の真ん中にも天井までの棚があり、そこにも隙間なく本が並んでいた。ハリー・ポッターに出てくる魔法道具の店のような様子を想像していたが、店内も、店主も、案外普通の古本屋だった。

メッシもリョウも、古本屋と言ってもブックオフにしか行ったことがなかったが、「多分、これが普通の古本屋なんだろう」というイメージとぴったり重なるのだ。

どちらにしても怪しい店ではなさそうだ。

二人はちょっとホッとして、店主に導かれるように中に入った。

「どうぞ、買わなくていいからゆっくり見て行ってよ。立ち読みも大歓迎だ」

ぐるりと見回すと、背表紙が日に焼けてタイトルが読めないような古いものや、学校で夏休みの課題図書になるような名作がずらりと並んでいる。

「ええっと、僕たち、本はあんまり得意じゃないんです。漫画はありますか」

リョウがニコニコしながらメッシの聞きたかったことを聞いてくれた。やっぱり一緒に来てよかった。

「得意じゃないって言い方はいいね」と笑いながら、「漫画も名作はいっぱいある。入り口あたりに漫画の棚があるよ」と教えてくれた。

「お前、やるじゃん。漫画もあるし、立ち読みもできるし、いい店だな」

メッシは小声でリョウに話しかける。

「そうだろ。俺がいなかったらこの店に入れなかったぞ。おじさんも優しそうだしな」

リョウはヒソヒソと答えながら、どこか上の空だ。

「俺さ、今思い出したんだけど、塾の面談あるの忘れてた。先帰るわ。お前、ここまでついてきてやったんだから、ちゃんとこの店リサーチして報告しろよ」

そう言ったかと思うと、突然大きな声で、店主に向かってこう言った。

「おじさん、僕、用事があるので帰ります。こいつメッシっていうんですけど、ちょっと元気ないんですよ。置いていきますから、後はよろしくお願いします。また来ます！」

＊

リョウみたいなやつが社会でうまくやっていくんだろうな、と思いながら、メッシは漫画の棚の前であれこれ手にとってパラパラとめくっていた。棚の上のほうに、ずらりと『スラムダンク』が並んでいるのが目に入った。ポンタが春休みに夢中で読んだと言っていた漫画だ。

背伸びをして『スラムダンク』を一冊取ろうとしたが、ギリギリ手が届かない。何度か背伸びをしても届かず、かかとをパタンと床につける音が静かな店内に響いた。

「君、メッシくん」

おじさんが話しかけてきた。奥のレジの前で座ったまま話しているので、入り口の棚のあたりからはおじさんの顔は見えず、声だけが聞こえてくる。

「あ、はい」

立ち読み大歓迎と言っていたものの、ちょっと長居しすぎたかな、と遠慮気味に小さな声で返事をした。

「ちょっと元気ないって友達に言われてたね」

と言いながら、おじさんが踏み台を持ってきて、足元に置いてくれた。メッシは一歩下がって返事をする。

「ああ、はい。まあ、そんなに大したことじゃないんですけど」

「メッシくんは、サッカー部かな？　体も引き締まってるし、姿勢もいい。体幹も強そうだ」

「あ、それうれしいです。今、猫背を直そうと思って体幹鍛えてます。部活じゃなくて、クラブチームでサッカーやってるんです」

「クラブチームか。それでメッシくん」

「まあ、このあだ名、恥ずかしいんですけどね」

小学校のころ、地元のチームでエースだったときにはこのあだ名で呼ばれることが誇らしかったが、今ではこのあだ名が嫌だった。地元のチームでは一学年、二学年上のチームから試合のたびに声がかかった。小さいころから、サッカーに関しては自信があった。サッカーを好きな気持ちも、技も、そのための努力も、誰にも負けないと思っていた。しかし、そう思っていたのはクラブチームのセレクションに合格するまでだった。

セレクションは実技の選抜試験で、そのチームに入りたい選手たちがいくつかのチームに分かれてミニゲームをし、個人技やチームの中でどのような動きをするかをチェックされる。シュートをたくさん決めればいいというものでもなく、周りにパスを回さず自分だけでドリブルばかりしていても落とされる場合がある。体の使い方や足の速さ、将来性なども加味される。

メッシはセレクションではあまり活躍できず手応えはなかったが、なぜか二百人くらいのうちの三人に選ばれた。他の二人は足が抜群に速い、体が大きくてパワーがあるなど目立つ選手だった。メッシは、それほど背も高くなく、ゴールを量産するわけでもなく、ドリブルがうまいわけでもない。やりたいポジションを他の選手に譲って、大してボールに触れないまま終わってしまったのだが、左利きだったことが有利に働いたのかなと、母親と帰り道で話していた。

小学校六年間所属していた地元のチームの仲間たち、監督やコーチに結果を報告すると、激励を受け、中学校からはＦＣみらいのジュニアユースに所属することになった。ほんの一年前まで、怖いものはなかった。受かったのだからいいところがあるのを認めてくれたんだと疑いもしなかった。それが今や、友達にメッシと呼ばれることすら後ろめたい。

「ポジションはどこなの？」

「いやあ、今のところ、ポジションはベンチなんですよ」

メッシはわざとおどけてそう言った。ＦＣみらいにはあちこちのチームから選び抜かれたメンバーが所属している。練習に参加しはじめると、これまでとは全く違うとすぐに実感した。

チームメイトはみんな自信に満ち溢れている。堂々としていて、声も大きい。試合中もお互いに指示を出し合い、パスを要求する。パスのスピードや強さは比べ物にならない。うまくボールを止められず、ミスをすることも増えてしまった。一度喪失した自信を取り戻すのは難しい。トライして失敗することが怖くなった。気にしないようにしようと思っても、そう思えば思うほど萎縮《いしゅく》してしまう。ＦＣ

みらいに入って一年間は、ベンチ入りすることがやっと。公式戦に出たことは一度もなかった。

地元の友達はそんな状況を知らず、「メッシは俺らのあこがれだよ」「お前はサッカーのエリートだからな」「俺らの代わりにJリーグで活躍してくれよ」などと声をかけてくる。

それが嫌でたまらなかった。その期待に応えられない自分にも腹が立っていた。メッシというあだ名で呼ばれるたびに、胸の奥がチリチリ痛む。

「ベンチか。それもいいじゃない」

おじさんは特に表情を変えずにそう言った。

メッシはちょっとムッとした。ベンチでいいわけがないじゃないか。

「サッカー、したことありますか」

「サッカーは本格的にはやったことないな。見るのは好きだけど。僕は中学時代にテニス部だったけど、特にレギュラーやスタメンとかはなくて、だいたい試合は出られるんだよ。後は実力勝負。自分が負けたら自分のせいだから、分かりやすかった。メッシくんはいつもどんな漫画読んでるの？」

「僕は本も漫画もサッカー関係です」

「サッカー、本当に好きなんだね」

「はい。だから、ベンチでいいわけがないんです」

優しそうに見えるけど、このおじさん、実は嫌なヤツかもな。サッカー好きだからに決まってるだろ。ベンチでいいわけがないじゃないか。

メッシは、そろそろ帰ろうかと思い始めていた。

店主のおじさんはさっき足元に持ってきた踏み台を登って、『スラムダンク』を五冊ほどごそっと抜き出し、メッシに手渡した。

「これ、そこに折りたたみの椅子があるから、座って読んでいくといいよ。たまにはバスケもいいもんだよ」

「え、いいんですか。買わなくて」

「さっき、立ち読み大歓迎って言っちゃったからね」

*

『スラムダンク』の作者は井上雄彦《たけひこ》。『少年ジャンプ』で大人気の連載漫画だった。連載が終わっても単行本は人気があり、名作として読み継がれている。

桜木花道《さくらぎはなみち》というケンカっ早くてちょっとおバカな高校生が、一目惚れした赤木《あかぎ》晴子《はるこ》の気を引きたいがためにバスケットを始め、バスケットに青春をかけるストーリー。バスケ部での様々な出来事を通じて成長していく物語だ。

読み始めたメッシは、すぐにこう思った。

「何だよこの桜木花道って。女子に好かれたいだけでバスケだって好きじゃない。ただの単純なバカじゃないか」

ところが、『スラムダンク』を数冊読み終えると、メッシはこの一年間胸の奥に仕舞い込んでいた何かがムクムクと動き出すのを感じた。

桜木は、バスケットのルールも分からないところからスタートして、何度失敗しても諦めない。ドリブルやパスの基礎練習も、ボール磨きも、文句を言いながら最後には必死になって取り組んでいる。

初めは赤木晴子の気を引くためだけに始めたはずだった。その赤木晴子は、流《る》川楓《かわかえで》という桜木が勝手にライバルだと思い込んでいる相手に片思いしていることがわかる。それでも桜木は諦めきれず、赤木晴子の期待に応えて自分を磨き上げていくうちに、いつしかバスケットの魅力に取り憑かれていく——。

『スラムダンク』を読んでいると、目の前の霧がさっと晴れていくようだった。

「そうだよ。俺だって、何もないところから始めればいいんだ。何も失うものなんてないじゃないか。つまんないプライドなんて邪魔なだけだ」

ぼんやりとそんな思いが胸の中でことばになりかけたとき、おじさんがもう一つ漫画を持ってきた。

「チームスポーツだけじゃなくて、個人プレーのスポーツも面白いよ。松本大洋の『ピンポン』。これはまた違うタイプの漫画だね。映画にもなってる」

そう言って『ピンポン』をメッシに手渡した。

「おじさんの世代はスポーツものといえば『あしたのジョー』だけどね。ピンポンも、二十年くらい前の漫画だから新しくはないけど」

松本大洋が描いた『ピンポン』は卓球漫画。小学校のころから街の卓球場で卓球を始めた幼なじみのペコとスマイルの話だ。いじめられていたスマイルを助けたペコは、スマイルにとってヒーローだった。ペコはスマイルに卓球を教える。

「僕もペコみたいになれるかな?」

ペコへのあこがれがスマイルを強くする。天才肌で天真爛漫《てんしんらんまん》なペコと、真面目でコツコツと努力し、しかも勝負にこだわらないスマイル。高校生になると、部活のサボり癖のあるペコをスマイルが抜いてしまった。あこがれの対象をいつの間にか抜いてしまったことに、スマイルはどこか寂しさを感じる。

メッシはおじさんの話を聞きながら、同じ時期のセレクションで共に選ばれたタカを思い浮かべていた。タカは、体が大きく目立つヤツだったが、入った当初はチームのスピードに全く対応できていなかった。メッシのほうがまだマシだった。それでも、タカは、失敗することを恐れずに何度も何度もトライした。タカはメッシより先に冬の公式戦でベンチ入りを果たし、ハーフタイムで交代して試合に出るまでになっていた。

「体格に恵まれた奴はいいよな」

メッシはタカにそう言って、悔しさをまぎらわしていたが、タカはチームに入った当初から変わらずメッシにこう声をかけてくれた。

「俺、小学校のころから市の大会でお前が活躍してるの見てたんだよ。パス回しとかボールの扱いが上手《うま》くて、俺には真似できないなっていつもあこがれてたんだ。俺さ、ずっと小さくてさ、ここ一年ぐらいで背が伸びて、もりもり食べてたらでかくなっただけなんだ。絶対お前のほうが上手いって」

その言葉がうれしい反面、上手くできない自分がますます恥ずかしくなった。できるだけ失敗しないようにと、この数か月はチャレンジすることをやめていた。サッカーが楽しくなくなっていた。

「スマイルはさ、ペコに上がってきてほしいんだ。ペコに奮起してほしい。スマイルにとってペコはヒーローだから」

おじさんは、そう言うと、突然くるりと後ろを向いた。

そして、壁際の棚にすっと手を伸ばした。まるでその本が光を放って「俺を引き抜いてくれ」と呼んでいたかのように、おじさんの人差し指は、その文庫本の上部を迷いなく目指していた。取り出した文庫本は相当な分厚さだった。

「ニーチェの『ツァラトゥストラ』は読んだことある?」

抜き取った本の背表紙はゆうに二センチメートル以上はある。

「そんな分厚い本、読んだことないです。サッカーの監督の本とか、筋トレの本ならいっぱい持ってるけど、そんな本、見ただけでゾッとします」

「そうだな。じゃあ、全部読もうと思ったら大変だから、面白いところに付箋《ふせん》をつけてあげるよ。そこだけ読んで、面白いと思ったらその前後を読めばいい」

そこだけ読むって、好きなところだけ読んでいいの? それじゃ本を読むことにならないんじゃないの?

「別に本を読むのに決まりも作法も無いからね。分厚いっていうだけで手に取らないより、パッと開いたところだけでも読んでもらったほうが本だってうれしいだろう。それに、読んだ人が面白いよって言ってくれたところを読んだほうがきっと面白い。僕が面白いって言ったところを読んでみて面白くなければ、メッシくんが面白かったところを僕に教えてくれればうれしいな」

外を見ると、学校のグラウンドには人影がなくなっていた。部活も終わり、みんな下校を始めている。メッシはもう少しおじさんと話してみたかった。話しているうちに、今の自分を動かすヒントが何かつかめそうな予感がした。

「あの、お名前はなんて言うんですか」

「僕は、サイトウです」

「サイトウさん、あの、『スラムダンク』全三十一巻、『ピンポン』全五巻、全部読んでたら夜になっちゃうから、また来て、ここで少しずつ読んでいいですか」

「はい。もちろん」

「それから、『ツラストラ』……じゃなくて『ツァラトゥストラ』、面白いところに付箋つけてもらえますか。明日、サッカーの練習に行く途中に、買いにきます」

「じゃあ、明日ね。メッシくんが『人生堂』のはじめてのお客さんだ」

「お願いします。明日、絶対に来ますから！」

外に出ると、世界は春の夕焼けに包まれていた。店の前に見える学校のグラウンドは薄暗く、しんとしていた。メッシはひとり、家に向かって走り出した。

サイトウさんからの手紙

メッシくん。

今日は「人生堂」にきてくれて本当にありがとう。僕は心からうれしかったんだ。古本屋を始めて一週間。それまでお客さんが来る気配が全くなかったのに、初めてのお客さんが二人もやってきた。

「見ただけでゾッとする」なんて言っていた『ツァラトゥストラ』を、メッシくんが買ってくれると言ったときの僕の気持ち、分かってもらえるだろうか。

僕は、人は絶対に本を読むべきだとか、本を読まないとダメな人間になるなんてことは思っていない。君たちも、「本が得意じゃない」って言っていたしね。だけど、僕は本がとっても好きだし、これまでたくさんの本に力をもらってきたから、その良さを伝えられる仕事をしたいと思っていたんだ。そして、ようやく夢を実現するための一歩を踏み出した。それがこの古本屋、「人生堂」だ。ちょうど、メッシくんがサッカーのクラブチームに入って、一歩を踏み出したような感じかな。でも予定通りにうまく進まないのが人生の面白いところだ。僕もかなり苦戦中なんだよ。

最初に勧めた『スラムダンク』にはメガネくんというキャラクターが登場するから、ぜひ最後まで読んでほしいな。僕もメガネをかけているから親近感が湧くんだ。メガネくんはキャプテンの赤木と中学時代からバスケを一緒にやってきた。高校では副キャプテンになって、真面目にチームを支えていく。自らがスタメンを外れてもチームがどうすればまとまるか、このチームでどうやって全国を目指すかを常に考えているんだ。

チームスポーツでも個人スポーツでも、吹奏楽でもダンスでも、そして、社会に出てからも、自分の理想と現実の落差に打ちのめされたり、ライバルに打ち負かされたり、上下関係が逆転したり、そんなことがたくさん起こる。

人生はいつでも自分が主役ってわけにはいかない。映画を撮るときだって、主役になれる人もいれば脇役の人もいる。スタッフだって監督から照明さん、音声さん、お弁当を発注する人まで数えきれないほどの人が支えている。そういう人たちが複雑に絡み合って、社会はできている。

メッシくんと今日話していて、君は今まさに現実の世界で、そういうことの真っ只中にいるんだと感じたよ。それで、自分の学生時代を懐かしんで、つい漫画や本を勧めてしまったんだ。あのときの自分なら、こんな本を読みたかったなと思ってね。メッシくんというより、あのときの僕に勧めていたのかもしれないね。

でもよく考えてみると、今の僕も、まさに新しいチャレンジをして苦戦している状況だと改めて気がついたよ。メッシくんと話をしたおかげだ。僕ももう一度、『スラムダンク』や『ピンポン』を読んでみたいと思っている。

そして、メッシくんに明日買ってもらう『ツァラトゥストラ』に付箋をつけようと思って今また読み返している。

君はどんなことで今悩んでいるんだろう。詳しい内容を聞いたわけではないけれど、きっとサッカーのことや友情や、嫉妬や競争のようなことなのじゃないかと想像している。この本の中で、今のメッシくんに読んでもらいたいのは「友」という章だ。そこに、こんな部分がある。

人は、友への愛によって友への嫉妬《しっと》を飛び超えようとすることがしばしばある。また自分が攻撃されやすい弱さを持つことを隠すために、攻撃し、敵をつくることもしばしばある。

「少なくともわたしの敵であれ」——友情を望んでも、それを哀願することのできない真の畏敬《いけい》のいうことばはこれである。

つまり、友は、自分の最高のライバルなのだとニーチェは言っているんだ。スポーツ漫画は、ニーチェに深く通じるところがあると僕は思っている。ほとんどのスポーツ漫画は、友情やライバルについて描いているからね。

おのれの友のうちに、おのれの最善の敵をもつべきである。君がかれに敵対するときこそ、君の心はかれに最も近づいているのでなければならぬ。

君は君の友の前にいるとき、衣服を脱いでいたいと思うのか。ありのままの君を友に与えることが、君の友の名誉になるというのか。いや、かれはそういう君を、悪魔にさらわれるがいい、と思うだろう。

君は君の友のために、自分をどんなに美しく装っても、装いすぎるということはないのだ。なぜなら、君は友にとって、超人を目ざして飛ぶ一本の矢、憧れの熱意であるべきだから。

ここでいう「超人」というのは、今の自分をどんどん乗り越えていくというイメージだ。その情熱を持つ、自分の一番張りのあるところを友達に見せるべきだと言っているんだ。上を目指す気持ちがない自分というのは裸の自分じゃないかと問いかけている。

メッシくんは、どう思うだろうか。

今の自分をどんどん乗り越えていくような、「超人を目ざして飛ぶ一本の矢」の状態で、ライバルである友と競い合う。そのことで、お互いに高め合っていくことができる。そしてまた、そのような友こそが、「君たちにとって地上の祝祭である」とニーチェはこの本の別の場所でも書いている。

『スラムダンク』にも『ピンポン』にも、お互いに高め合う張りのある友人関係が描かれているよね。高みを目指して切磋《せっさ》琢磨《たくま》するような、そんな友達がきっとメッシくんにはいるんじゃないかな。

今日、夕焼けの中を全速力で走って行った君の後ろ姿は、まさに、「超人を目ざして飛ぶ一本の矢」のように見えたから。

2

どこに向かうべきか

夢と進路

朝と夕方、毎日二回。兄のゴッホは電車で大きな川を渡る。

ゴッホが通う高校は郊外にあるため、ラッシュの時間帯でも車内はゆったりしていた。川を渡り切るまでドアの前に立ち、外を眺めるのがゴッホの日課になっている。電車は今日もノロノロ運転だ。

川の土手は、季節によってさまざまな色に染まる。春の土手は若草色。朝日は植物や川の色を発光させ、指紋のついたメガネで見るとますますもやがかかる。まだ夢の中にいるようだ。

「ふあぁ」

大あくびをしながらメガネを外すと、輪郭はさらに溶けて曖昧《あいまい》になった。

メガネの汚れを制服のシャツの端で拭いてかけ直し、イヤホンのボリュームを上げようとスマホを探した。

ジャケットの右ポケットに手を入れると、そこにプリントらしきものが入っていることに気がついた。

「あ、やばい。忘れてた」

ゴッホは公立高校に通う二年生。プリントは二日ほど前にクラスで配布されたものだ。進路希望を記入して出すようにと言われていたが、名前だけ書いて折りたたみ、ポケットに入れたままになっていた。

何度か取り出して記入しようと思ったが、しばらくじっと見つめてはまた折って、ポケットに入れるということを繰り返していた。友人たちのほとんどはあまり迷うことなく記入し、翌日には提出していたようだ。

プリントの右下に、金曜日の昼休みまでに提出するようにと書いてある。保護者のサインと印鑑も必要だ。今日は水曜日。

「明日の夜までに考えればいいか」

心の中で呟きながら、折りたたんでまた元のポケットに入れた。

トップレベルでこそないものの、公立高校の中ではそれなりの進学校。大半の同級生たちは国公立の大学を受験する。文系か理系か、国公立も受けるのか私立に絞るのか、それによって授業の選択が変わるため、二年生の夏までにいくどか進路希望を提出し、個人面談や三者面談をしながら進路を絞り込んでいかなければならない。

電車はようやく次の駅に到着し、扉が開いてアナウンスが流れた。

「お急ぎの方は急行にお乗り換えください」

川を渡ってすぐのこの駅では、急行への乗り換えや、他社線への乗り換えで大半の人が降りるため、各駅停車は空席が増える。

ゴッホはいつもここから座ることにしていた。車両のいちばん端が指定席。持ち歩いている葉書サイズの小さなスケッチブックを取り出し、その場所から見えるものにインスピレーションを得て絵を描きはじめる。

目の前で口を開けて寝ているオール明けの大学生。知り合いでもなんでもないのに全く同じ姿勢で並んでスマホを触る人たち。ベビーカーに乗せられて、ゴッホにニコニコと笑いかける赤ちゃん。

ワイヤレスイヤホンからは、お気に入りのヒップホップがランダムに流れてくる。低音のリズムにのってペンを動かしていると、リリックがバラバラにほどけて意味のない音になり、世界と自分の境界が曖昧になっていく。そんな時間が好きだ。

＊

ゴッホは物心ついたころから暇さえあれば絵を描いていた。画用紙を買ってもすぐに使い切ってしまうので、新聞の折り込み広告の裏紙や、母が仕事で使った原稿や資料をプリントアウトしたコピー用紙の裏紙を与えられた。紙とペンさえあればご機嫌だったらしい。鉛筆は力を入れると芯が折れるので、そのたびに泣くのは面倒だとペンを与えられた。どの洋服にもあちこちにインクがついていた。

四、五歳になると、空想の生き物を次々に描いた。

空想の生き物とはいえ普通なら顔から描きそうなものだが、指先や足先から描き始めることもあった。画用紙を逆さまに置いて描き、完成したあとひっくり返して見せるとみんな驚いた。ゴッホは自然にそうしていたが、他人から見るとどうも普通ではないようだった。

「ユニークなお子さんですね」

保育園からずっと、そう言われ続けたと母は言う。

小学校ではノートも教科書も、ありとあらゆる空間が落書きだらけになった。返却されたテスト用紙も裏には絵がびっしり描いてある。

三年生のとき、担任は新人の先生だった。

「授業中、私が何度注意しても絵を描くのをやめない。どうすればやめてくれるでしょうか」

三者面談で、その先生が泣きながら母に相談している様子を横で見ていた。自分が先生をいじめているようでちょっと申し訳ない気持ちになった。

四年生になると、ベテランの女の先生が担任になった。

「なぜ授業中に絵を描くの。怒らないから言ってごらん」と聞かれた。

「先生の話を聞いていると眠くなるから、絵を描いて目を覚ましています」

正直にそう答えると怒られた。「怒らないから」と言う人は、だいたい怒るという法則をそのとき知った。

それ以来、先生からも同じクラスの女子たちからも、「授業を聞かないダメなやつ」という扱いを受けていた。でも、男子の中では人気者だった。ポケモンやレンジャーシリーズの絵を描いてくれとみんなに頼まれた。

五年生になったとき、ようやく学校で大人の理解者が現れた。定年退職間際の「おじいちゃん先生」だ。体はまだ元気で若々しいが、髪やひげが真っ白だったので、生徒の間でそう呼ばれていた。

「おもしろい絵、描いてるなあ」

学校で授業中に絵を描いているのが見つかって注意されなかったのも初めてで、その先生がちょっと好きになった。それまでは授業もほとんど聞いていなかったが、その先生の似顔絵を描くようになり、先生の話を聞くようになった。

「せっかくだから教科書に載っている写真や絵もノートに描いてみたら」

そう言われて描いてみるとなかなかよく描けた。先生に見せるとニコニコ笑っていた。

おじいちゃん先生は、自分で、理科が大好きなんだとよく言っていた。理科の時間はいつも必ず手品みたいな実験を一つする。紙コップに材料を入れてよく混ぜ、先生がそこに氷を一つずつ放り込む。しばらく混ぜ、ゼリーができたときにはクラスの全員が歓声を上げた。授業中、突然面白いことが起こるので、目が離せない。授業が面白くて絵を描く暇がないのは初めてだった。

宿題の作文を書くのがイヤで、配られた原稿用紙を使って漫画を描いたら、教室の壁に貼り出してくれたこともある。男子たちはこぞって真似をした。それを見て女子もゴッホに一目置くようになった。

いつの間にか、絵を描くことと勉強することがつながって、絵を描くことで友達とつながった。勉強するのが面白くなったのはそこからだった。

どちらかというと親は放任だ。親といっても父親は家にいないから、主に母親のことだ。友達の話では、みんな親にかなり口うるさく言われているようだが、母親はあまり「勉強しろ」とか「それはダメ」とか、「ああしろ、こうしろ」とは言わなかった。単に面倒だから言わないだけだと思う。

それが普通なんだと思っていたが、中学生のころ、不思議に思って「友達は親に勉強しろって言われるらしいよ。母さんはなんで俺に勉強しろって言わないの？」と聞いてみたことがある。

「勉強しろって言われたら勉強する？」と聞き返されて、ちょっと考えた。

「まあ、しないかな」と答えると、その話はすぐに終わった。

どの高校に進学するかを選ぶとき、母親は「そんなに絵を描くのが好きなら、絵だけ描いていられる学校はどう？」と提案してくれた。

そんな高校もあるのかと期待して見学に行ったが、なぜかその学校は大半が女子だった。四十人ほどのクラスで男子が三人だけ。部活動も、コンテンポラリー・ダンス部とか、プチ・コンセール部とか、当時のゴッホには「イミフ」な名前が並んでおり、そこでの三年間がイメージできなかった。

「普通の高校に行きたい」

高校選びの条件は三つに絞り込んだ。通学のときラッシュにあわないこと。校則が厳しくないこと。勉強以外にも好きなことをしている生徒が多いこと。三つ目は実際に入学してみないと分からないが、今通っている高校は見学に行ったときからその条件に合いそうな「ゆるい」空気が流れていた。

入ってみると狙い通りで、なかなか居心地がいい。勉強もそれなりにしながら、バドミントン部と美術部を掛け持ちし、バドミントン部で筋トレと走りのきつい曜日には、美術部に行ってのんびり絵を描いていた。

「高校受験が終わって一年しか経ってないのに、また進路選ぶのか」

考えごとをしながら人の波に体を任せて歩いていたゴッホは、気がつくと高校の門の前にいた。

＊

ドアも窓も全て閉め切った放課後の体育館。シャトルを打つ音がひびく。バドミントンは風があるところではできない。今日はバドミントン部が体育館を使える水曜日だ。ゴッホは迷わずバドミントン部の練習に顔を出していた。

先輩との練習試合で大敗した後、水分補給しながらジョーに話しかけた。ジョーは体育館のステージに座り、水鳥の羽が折れてもう使えそうにないシャトルを寄り分けている。

「お前さあ。進路の紙出した？」

汗が毛穴から噴き出し、背中を流れ落ちるのがわかる。ゴッホは額からも流れる汗を拭きながら、タオルでジョーの邪魔をする。

一年生から同じクラスのジョーは、これまで塾に一度も通ったことがない。今時珍しいタイプだ。頭の回転はすこぶる速く、人当たりもいい。

文化祭で演劇をすることになったものの演目で揉めてクラスが二つに割れたと

き、それぞれの言い分を聞いて全体をまとめ上げ、プロデュースを一手に引き受けたクラスの中心人物。人に指示を出しても嫌味がなく、気のいい草食動物のような顔をしている。ジョーは舞台背景をゴッホに一任し、他のクラスにはないダイナミックな演出を二人で作り上げ、仲良くなった。

「すぐに出したよ。行きたい大学は決まってる。まあ、行けるかどうかはまだ二年なんだから関係ないだろ。お前まだ出してないの？」

「いろいろ迷っててさ」

「じゃあ、ラーメン食べて帰るか」

汗を流した部活の帰りはラーメンがうまい。

「ラーメン、いいね」

駅前のラーメン店に入ると、部活帰りの男子でごった返していた。カウンターの席に並んで座り、いつもの、もやし大盛り味噌ラーメンを頼む。

「俺さ、美大もいいかなと思って。でも美大受けるやつって俺らの高校にほとんどいないだろ。絵には自信あるけど、実際、美大行ったってどうやって食ってくのかなって考えると、なんか躊躇《ちゆうちよ》しちゃってさ」

「このメンマ、今月から食べ放題になったの知ってた？」

ジョーはゴッホの話にうなずきながら、カウンターにあるメンマを二枚の小皿に山盛り乗せて、そのうちの一つをゴッホに差し出した。

「ホリ知ってるだろ、美術部の。あいつに相談したらなんて言ったと思う？」

「なんて言ったの？」

「即答だよ。『俺は経済学部。所詮お絵かきだぞ。ちゃんと将来考えろよ』だってさ」

「あいつにとっては所詮お絵かきなんだろ。お前の親は？」

「まだ親に言ってないけど、多分、いいんじゃない？　っていうかな」

「じゃ、いいんじゃない？　何も問題ないじゃないか」

「お前さあ、もうちょっと真面目に答えろよ。俺は真剣に悩んでるんだよ。この間、担任にチラッと匂わせたら、美大の受験はよく分からないって一言で終わりだよ。ちゃんと考えろだってさ。みんな『ちゃんと考えろ』って言うんだよ。まるで俺が考えてないみたいに」

ゴッホは何度も箸でメンマを持ち上げては皿に戻す。

「いいよな、ジョーは法学部目指すんだろ。世間的にも間違いないもんな」

ジョーは口にくわえていたメンマ一本をゆっくりと食べ、水を一口飲んでこう言った。

「俺は真面目に答えてるよ。お前こそ、らしくないだろ。なんだよ、世間的に間違いないって」

ゴッホは想定していない言葉に不意を突かれた。箸を置き、ジョーを見た。

「どういう意味だよ」

「いいか、俺は法学部受けるけど、それはたまたま自分のやりたいことが法学部の先にあるだけなんだよ。お前はやりたいことが絵を描くことだから美大に行きたいんだろ」

ちょうどそのとき、もやし大盛り味噌ラーメンが来て、二人は無言で食べた。ラーメンはいつも通り美味かった。

ジョーはラーメンを奢《おご》ってくれた。別れ際にこう言った。

「俺もお前も違わないんだよ。シンプルな話じゃないか」

*

川を渡るのは本日二度目。暗闇に包まれた夜七時半。川の両岸のマンションの明かりが点灯しはじめていた。

「シンプルな話じゃないか」

ジョーが最後に言ったその言葉が妙に引っかかっていた。

電車を降り、自転車を漕ぎ始めても、ジョーの声が残ったままだ。

「シンプル？　俺が勝手にややこしく考えてるだけってことか？」

春の夜風はどこか不気味だ。月もぼんやりしている。

少し回り道をして帰ることにした。

昨年卒業した中学校の前の道は、ほんのわずかだが上り坂になっている。一見すると平らだが、自転車を漕ぐとようやくわかる程度の傾斜だ。車道を挟んでこちら側の歩道だけ、行く先が少し明るく光っていた。

その明かりに引き寄せられるように、重いペダルを踏み込む。近づくと、そこはメッシと話していた古本屋だった。店の大きな曇りガラスが行燈《あんどん》のようになって、店の前を照らしている。

「夜もやってるのか。腹もいっぱいだし、ちょっと立ち読みして帰るか」

自転車を店の前のガードレールにチェーンでロックしようとしていると、店の中から人が出てきた。ヨレヨレの白いワイシャツにチノパン。メッシが話していた店主だ。

店主もゴッホに気づき、声をかけてきた。

「こんばんは」

「あ、もう閉めますか？」

「まだやってますよ。そろそろ店の前の掃除をしておこうかと思ってね。何時まででって決めてないんだ」

店主は、ほうきとちり取りを持ったままドアを開いて店の中にゴッホを招き入れ、もう一度外に出て行った。

「どうぞ、ごゆっくり」

ドアがカランと音を立てて閉まり、ゴッホだけが店内に残された。

日が暮れてから掃除とはのんびりした店だ。この暗さじゃゴミだって見えやしない。それに、閉店時間も決まってないのか。

ゴッホはそのやりとりだけで店主のことが気に入った。

夜道から店内に入ると、昼間のなごりかほんのりと暖かく、肩の力が抜けた。

ゴッホは店内を一瞥《いちべつ》してつぶやいた。

「まあ、確かに、普通の古本屋だよな」

目の高さの棚だけに目をやり、背表紙をぼんやり眺めながらゆっくり店内を一周したところで、掃除を終えた店主が戻ってきた。

「まだ閉めないから、好きなだけ見ていいよ」

そう言って店の奥にほうきとちり取りを片付けに行く。

「お客さん誰もいないのに、遅くまでやってるんですね」

ゴッホは、ちょっと店主と話してみたくなった。はみ出したバドミントンのラケットが本にぶつからないように、鞄を床において、店主の消えた店の奥に向かって話しかける。

「手厳しいなあ。まあ、趣味みたいなもんだから。早く閉める日もあるんだよ。今日は遅いほうかな」

手を洗ったのか、ペーパータオルで手を拭きながら店主が戻ってきた。

「趣味なんですか?」

「趣味が仕事になったというか。趣味を無理やり仕事にしたというか」

「そうか。いいですね」

「いいかどうかは人によるだろうね」

引っかかる言い回しだ。

「人によるってどういうことですか」

「興味ある?」

改めて尋ねられ、初めて話す相手にどうしてこんなに質問しているのだろうかと自分でも不思議に思ったが、ゴッホは続けた。

「なんとなく、今悩んでいることとつながるかと思って」

「そう。僕はサイトウ。君は友達になんて呼ばれてる？」

「みんなにはゴッホって呼ばれてます」

「バドミントンのラケットを抱えたゴッホくん」

「あ、バドミントン部と美術部に入っていて、今日はバドミントンの日」

「ヴィンセント・ヴァン・ゴッホが画家の中ではいちばん好きだな。よろしく、現代のゴッホくん。一緒にお茶でも飲もうか」

*

サイトウさんは、折りたたみの椅子を出し、お茶を入れてくれた。

ゴッホは、ずっと絵を描くのが好きだったこと、小学校のころ、あまり先生に理解されなかったこと、小学校五年生の夏休み、自由研究でゴッホの「星月夜《ほしづきよ》」を模写したことがきっかけであだ名がついたことを話した。

「僕は小学校のころ、本が好きじゃなかったけど、おじいちゃん先生と話しているといろんなことを知りたくなったんです。昼休みは図書室に行って、図鑑や画集をよく見ていました。中でも、ゴッホの『星月夜』が気になって」

「『星月夜』か。『ひまわり』よりも『星月夜』を選ぶところがいいね。あれは晩年の作品だよね。ゴッホが自分の耳を切り落として、精神を病んで療養所に入院中に描いたものなんだ。晩年と言っても三十七歳で自殺しているから、今考えればまだまだ働き盛りだ」

「え、そうなんですか。僕、そのときは文章読むのが嫌で、絵しか見てなかったな。画集にもそういうこと書いてあったのかな」

「芸術作品にはその作家の人生が表れるから、その背景を知るともっと深く楽しめるよ。まあ、楽しみ方は人それぞれだけどね」

サイトウさんは、立ち上がって、文庫本の棚から『ゴッホの手紙』というタイトルの上、中、下巻の三冊を右手でごそっと抜き出し、左手を添えてくるりと回してゴッホの目の前にそっと差し出した。古びたその本にはツルツルとした紙の

カバーはなく、表紙だけを見ても誰かに繰り返し読み込まれたことがわかる。

「これは、ゴッホが親友の画家や弟に向けて出した手紙がまとめられた本なんだ。下巻では『星月夜』を描いたころの心境も読める。三冊全部読まなくても、ゴッホくんがピンときたところだけ読めばいい」

「なんかこの本、歴史を感じるな」

「それが古本のいいところ。この本の前の持ち主は、きっと絵描きだったんじゃないかな。ほら、所々に線が引いてあるだろう」

ゴッホが上巻をパラパラとめくると、

数か所に赤いボールペンで線が引いてあった。たまたま開いた百七十ページの数行を、ゴッホは目で追った。

絵を作るのは大小のダイヤモンドを発見するようにむずかしいことだ。現在、人々はルイ金貨や上等の真珠の価値を知ってはいても、不幸にして絵の価値を知ってそれを信じてくれる人は尠《すくな》い。しかし、そういう人もかならずいるはずだ。

いないとしても、どんな場合でも、辛抱強く待たなければならない、例えどんなに長かろうとも。

「かっこいいなあ。熱いけどクール。ゴッホがどんな人かなんて知らなかった。ずっとゴッホの絵が気になっていたのも、何か意味があるのかな」

下巻を見ていると、「星月夜」の糸杉に似たスケッチが載っているページを見つけた。構図は少し違うが、よく見ると三日月も描いてある。

「かっこいいことばかりでもないよ。ゴッホが弟に金の無心をしている様子が『ゴッホの手紙』を読むとよく分かる。絵に対する思いもつらつらと書き綴っている。画家の暮らしの実情やその中で渦巻くエネルギーのようなものが伝わってくるんだ」

ゴッホの手紙。自分では手の届きそうにない画家の手紙。その暮らしぶりや心の中を盗み見ることができる。そんな気分になった。

「この本、全部は読めそうにないけど、線引いてあるところとか、間に入ってるスケッチとか、ゴッホが考えていたこととか、ちょっと読んでみたい。欲しいな。この本、高いんですか」

サイトウさんは、少し驚いたように変な顔をして笑った。

「普通は線を引いてある本は価値が下がっちゃうんだよ。みんな自分が気になるところに線を引きたいだろう？　線が引いてあることを喜んでもらえるなんて驚いたな。どうせあまり高い値段はつけられないから、記念に三冊セットでプレゼントするよ。このまま持って帰って」

そう言って、小さな手提げの紙袋を手渡してくれた。

サイトウさんはズボンのポケットに右手を入れて、懐中時計《かいちゅう》を取り出して時間を確認した。時計の針は九時を指していた。ズボンにつながっているチェーンが、店の明かりで鈍く光る。

「時間まだ大丈夫？　なんだか話したいことがいっぱい出てきたけど、あとひとつだけ。ゴッホは、日本の画家からも影響を受けていたし、日本の画家もまたゴッホに影響を受けていたって、知ってる？」

「ホントに？　日本の画家ってどんな人ですか？」

『ゴッホの手紙』を取り出した棚の前には、まだ整理ができていない本が無造作に積み上げられていた。サイトウさんがその山の下のほうから一冊を無理やり引き抜いた。本の山はバランスを崩し、なだれのように倒れてしまった。二人でその山を元に戻している間も、サイトウさんは話し続けた。

「彼は日本の浮世絵が好きだったみたいだね。日本に来たことはなかったようだけど、浮世絵の真似をして描いてみたり、構図やタッチを参考にしたりしている。

それに」

そう言って、積み上げた本の山が落ち着くよう、山の上にそっと手をのせた。

「過剰なまでのエネルギーを抱えていたゴッホは、日本の浮世絵をつくった職人気質《かたぎ》から生み出された芸術性を称賛してるんだ。『日本の芸術を研究してみると、あきらかに賢者であり哲学者であり知者である人物に出合う』と書いてある部分もある。歌川広重《うたがわひろしげ》や、葛飾北斎《かつしかほくさい》のことだろう。そうして、日本から影響を受けたそのゴッホにあこがれて、ゴッホになりたいと言った日本人もいる。その一人が版画家の棟方志功《むなかたしこう》なんだ」

サイトウさんがさっき一冊抜き出して横によけておいたのは、『板極道《ばんごくどう》』という棟方志功の本だった。

「これは棟方志功の自伝。板を削って版木を作る版画家で、極道、つまりヤクザのようだから板極道。なんとも凄みのあるタイトルだ」

「ふふ。中身が気になりますね」

サイトウさんは椅子に座ったまま体を折るようにして先ほどの山をもう一度の

ぞき込み、下の方から順に背表紙を目で追っているようだった。

そしてピタリと視線を止めると、もう一冊取り出した。同じく棟方志功の『わだばゴッホになる』という自伝だ。

「津軽弁で、『なんとしてもゴッホになりたい』という強い気持ちがこもった言葉なんだ。ここに、棟方志功がゴッホの絵を見たときの衝撃が綴《つづ》られているよ。『ひまわり』を見て、『いいなァ、いいなァ』という言葉しか出なかったとある。君がさっき、ゴッホの手紙を読んで、『かっこいいなあ』と言った言葉を聞いて、この本のことを思い出したんだ。小学校のときにゴッホの絵を見たときも、何か衝撃を感じて、心が大きく動いたんだろうね」

ゴッホは震えた。ムズムズして、いてもたってもいられなくなって、立ち上がった。その勢いで折りたたみの椅子が大きな音を立てて後ろに倒れた。

「ごめんなさい。とりあえず、今すぐ家に帰って、『ゴッホの手紙』を読んでみます。棟方志功の本は今度来たときに。お茶、ありがとうございました」

あわてて倒れた椅子を起こしてたたみ、サイトウさんに渡した。ラケットの入ったバッグを背負い、小さな紙袋を大事そうに抱えて店を後にした。

自転車のハンドルにぶら下げた紙袋が揺れる。さっきと同じ道なのに自転車のペダルが軽い。

「シンプルな話じゃないか」

さっきは不気味だった春の風も、月明かりも、星も、今は味方になっていた。

サイトウさんからの手紙

ゴッホくん。

ゴッホは僕の大好きな画家だけど、まさか「現代のゴッホ」くんに会えるとは思わなかったな。遅い時間まで引き止めてしまったね。

僕がゴッホくんを引き止めたきっかけを覚えているかな。「趣味が仕事というか、趣味を無理やり仕事にした」とか、「それがいいかどうかは人による」と何気なく言ったら、ゴッホくんはそこに引っかかったように見えた。それで、僕もゴッホくんとゆっくり話してみたいと思ったんだ。

あのときは、ゴッホや棟方志功の話をしていたらゴッホくんが急に立ち上がって帰ってしまったから、どうしたかなと少し心配したよ。でも、店を閉めて家に帰って食事をしながら、ゴッホくんとのやりとりを思い返して、いろいろなことが分かったような気がした。

僕は見ての通りそれなりにおじさんだけど、多分ここ数年考えていたことが、ゴッホくんが今考えていることと重なるような気がしている。

高校生のころ、僕は作家になりたかったんだ。ゴッホくんが絵を描くのが好きなように、僕は作文を書くのが好きだった。ゴッホくんが図鑑や画集をよく見ていたように、僕は学校の図書室や図書館で本を借りて、小説を読んでいた。

作家になりたくて大学は文学部を選んだけれど、文学部では別に作家になる勉強をするわけじゃない。高校生の僕は何も知らなかった。そして、大学に通い、文学について学び、卒業後は少し文章を書く必要がある仕事を選び、会社勤めをすることになった。

いつの間にか僕は、作家になりたいという気持ちは忘れてしまっていた。休みの日には、好きな本を読むことは続けていたが、でもどこか空虚だったんだ。そしてそのまま二十五年を過ごした。

そんなある日、夏目漱石《そうせき》の『私の個人主義』という文章を読んだ。大正三年に行われた漱石の講演だ。聴衆はこれから世に出る大学生。学生時代に読んだことがあったけれど、そのときはピンとこなかった。でも、おじさんになった僕に、漱石は大きな問いを投げかけてくれたんだ。

漱石は英文学を学び、英語の教師になったけれど、「何だか不愉快な煮え切らない漠然たるものが、至る所に潜んでいるようで堪まらない」という想いを抱えていた。僕は、まさに今の自分じゃないかと思った。

世の中にはたくさんの仕事がある。自分の本当に好きなことを仕事にできる人は一握りだし、今好きなことがずっと好きかどうかも分からない。だから多くの人は、組織に入って、世間的には安定した仕事に就く。僕もそうして生きてきた。でも、漱石のこの言葉のように、僕の中には「何だか不愉快な煮え切らない漠然たるもの」が潜んでいたことに気づいたんだ。そうなると、その先に漱石がどうしたかが気になる。僕は夢中で読み進めた。

どうしても、一つ自分の鶴嘴《つるはし》で掘り当てる所まで進んで行かなくっては行けないでしょう。行けないというのは、もし掘り中《あ》てる事が出来なかったなら、その人は生涯不愉快で、始終中腰《ちゅうごし》になって世の中にまごまごしていなければならないからです。私のこの点を力説するのは全くそのためで、何も私を模範になさいという意味では決して無いのです。私のような詰《つま》らないものでも、自分で自分が道をつけつつ進み得たという自覚があれば、あなた方から見てその道がいかに下らないにせよ、それは貴方がたの批評と観察で、私には寸毫《すんごう》の損害がないのです。私自身はそれで満足する積《つも》りであります。

（中略）

ああここにおれの進むべき道があった！　ようやく掘り当てた！　こういう感投詞を心の底から叫び出される時、あなたがたは始《はじ》めて心を安んずる事が出来るのでしょう。容易に打ち壊されない自信が、その叫び声とともにむくむく首を擡《もた》げて来るのではありませんか。

ここまで読んだとき、僕はこれだと思って、カフェの椅子から立ち上がったんだ。ちょうど昨日のゴッホくんと同じように。

僕は後になってそのことを思い出してハッとした。だからそれを君に伝えておきたいと思って手紙を書いている。

僕はこんなふうに考えたんだ。

自分の人生は自分のものだ。世間が「普通はこうする」とレールを敷いていても、どの道を選ぶかは、最終的には自分で決断するしかない。周りの人たちとペースがずれたり、やりたいことが違えば、ゆっくり進んだり、違う道を選んだっていい。

逆にいえば、人と違う道を選ばなければならないということもない。大きな組織の中でこそ力を発揮できる人もいると思う。老後に自分の好きなことを極めている人だっている。じゃあ、自分はどうなんだ？って。

それから僕は、念入りに準備をして、会社を辞めて、「人生堂」を開店した。

本当はまだまだ伝えたいこともあるけれど、長くなってしまうから、今度また店に顔を出してくれたときにゆっくり話そう。

それからもう一つ、ゴッホくんの小学校のころの話を聞いていて、なんだか頼もしく思ったんだ。

志賀直哉の「清兵衛と瓢簞《ひょうたん》」という短い話があるのは知っているかな。清兵衛は小遣いで瓢簞を買っては磨いているような子どもで、大人に「もちっと奇抜なんを買わんかいな」と言われても「こういうがええんじゃ」とはっきりと突っぱねる。

授業中にも瓢簞を磨いて教員に怒られる。最後には教員に瓢簞を取り上げられ、父には家にたくさんあった瓢簞を割られてしまうけれども、清兵衛は今度は絵を描くことに夢中になるんだ。絵を夢中で描いていると、清兵衛は、その教員や父親への怨みも忘れてしまう。

周りに流されるのではなく、誰に何を言われようと自分の好きなことを見つけて夢中になれる力は、きっとゴッホくんを支えるはずだ。「これが好きだ」という気持ちを蔑《ないがし》ろにせず、それをとことん磨いていくうちに、世界に対して主体的に関わっていく姿勢ができる。ゴッホくんの中に、清兵衛がいるような気がしたよ。

ゴッホくんとの出会いは僕にとって大切な出来事だ。

またの来店を楽しみにしています。

3

世の中はしょせんお金?

貧困と教育

「はい、じゃあ前回の続きから。連立方程式だぞ。思い出して」

数学の先生が授業を進める声を聞きながら、メッシは誰もいない斜め前の席が気になっていた。

ゴールデンウィーク明けからずっと、ハヤトは学校を休んでいた。今日は金曜日だ。ハヤトはポンタと同じバスケ部で、次期部長だと言われている。三年生が夏の試合で引退すれば、部長はあいつ以外に考えられないとポンタがいつも言っていた。風邪もほとんどひかないハヤトが、こんなに休むなんて信じられない。

「おい、ポンタ、ハヤトってなんでずっと休んでるの?」

前の席に座るポンタに小声で聞いた。

「ラインしても返ってこないんだよ。メッシ、ハヤトにラインしてないの？」

「送っても既読にもならない」

「ゴールデンウィーク中に高校バスケの強豪校の練習に参加できるって言って喜んでたんだよ。だから部活には来てなかったし、俺もしばらく会ってなかったから状況がわからない」

「あいつがこんなに学校来ないってなんかあるだろ」

「俺だって知りたいよ」

ポンタは声が大きい。気がつくと普通の声で話していた。

「おい、おい、授業中になんの話だ。先生だって知りたいぞ。前に出てきてこの問題頼むよ」

ポンタは「こんな問題、簡単ですよ」とおどけながら前に出て行った。間違いだらけの解答をスラスラと書いて、どっとクラスの笑いをとった。

「ああいうところがポンタのいいトコだな」

メッシは一瞬和《なご》んだが、ハヤトの問題は何も解決していない。

ハヤトは、中学に入学してガラリと変わった。

「バスケ部に入部して別人になった」と誰もが口をそろえる。

バスケ部は、地区大会では必ず決勝まで勝ち進み、ブロック大会でもいい結果を残している。練習は厳しく、チームワークも必要だ。ハヤトがバスケ部に入部したことにもみんなが驚いていたが、一年間、一度も休むことなく練習に励んできた様子はハヤトの評判を変えた。

もともと筋肉質で、足も速いし運動神経もいい。集中すればとことんやる。バスケも日増しに上達し、今や先輩からの信頼は厚く期待も大きい。バスケだけでなく、授業にも集中して取り組むようになり、成績もぐんぐん伸びていたのに。

＊

昼休み、リョウとポンタが隣のクラスの女子から情報を持ってきた。

「ハヤト、高校生の溜まり場に出入りしてるらしいぞ」

ポンタが続けて解説する。鼻息が荒い。

「今、高二のショウ先輩んちが溜まり場になってて、入っていくのを見たって」

「ショウ先輩か。先輩、高校辞めたって春休みにゴッホが言ってた。ちょっとヤバイ奴らとつるんでるって。ハヤト、部活でなんかあった？」

リョウは、メッシやポンタと保育園は同じだったが小学校は隣の学区だったため、ハヤトのことをあまり深く知らない。

「ハヤトって、成績優秀、スポーツ万能の努力家じゃないの？」

メッシは首を横に振り、ハヤトの小学校での様子をリョウに話した。

「たぶん本当はそうなんだろうけど、小学校のころはいろいろあったんだよ」

ハヤトはメッシと同じ小学校の出身だ。三、四年生のとき同じクラスになった。低学年のころから怖いもの知らずで有名なヤツだった。三年生までの学童保育が終わり、四年生の一年間は、メッシは放課後もハヤトとよく遊んでいた。

学校の裏に公園があって、その公園の真ん中には大きなタコの形をしたすべり台がある。そこは、男子にいちばん人気の遊び場だった。だけど、あとから来た上級生に文句を言われると、下級生は場所を譲らなければならないという変な決まりがあった。

ハヤトは相手が誰でも先頭に立って言い返した。手も早いからもめごとも多かった。「ハヤトくんと遊んじゃダメよ」と親に言われている友達もいた。

だけど、メッシはハヤトが好きだった。信頼できるいいヤツだ。

先生や大人に怒られるときも、逃げも隠れもしない。正面から目を見て、自分の思うことを言い返す。先生の前でうまいことやって、大人に気に入られている友達よりも、ハヤトのほうが信頼できた。

「あ、俺はもちろん、リョウも信頼してるよ」

おおげさに眉間《みけん》にシワを寄せて話を聞いているリョウをメッシはフォローした。

小学校のころから、メッシは、いざというときに自分が口火を切ることや、行動を起こすことは苦手だった。困ったときはいつもハヤトに頼っていた。

五年生になり、メッシが平日もフットサルのスクールに通いはじめると、一緒に遊べる日が少なくなった。ほかの友達も習いごとや塾に忙しくなり、ハヤトは放課後、ひとりになることが多くなった。

「同じ学校なんだから、またいつでも遊べるよ」

メッシがそう言ったとき、ハヤトはタコのすべり台の上に立ってこっちを見ていた。ちょっと寂しそうに笑った顔が今でも忘れられない。
五、六年生になると、ハヤトは時間を持て余すようになった。仲のいい友達の家に行ってピンポンダッシュをしているうちはまだ良かったが、中学生とつるんで駄菓子屋で万引きをしたり、その中学生と揉めてケガをさせたりして、評判はますます悪くなっていった。
「ハヤトは不器用なんだよ」

黙っていられなくなったのか、そう言ってポンタが急に口を挟んだ。

「俺が上級生にタコのすべり台から落とされたときだって、ハヤトが本気で怒って、そいつに飛びかかってくれたんだよ」

リョウはハヤトの過去を知って驚いていた。

「今の話、ホントかよ。全然知らなかった。今のハヤトからは全然想像つかないな。でもさ、一週間休んでショウ先輩の家に出入りしてるってヤバくない？　こうなったら、シュウゾウに聞いてみるか」とリョウが言った。

シュウゾウというのは、メッシたちのクラス担任で体育教師、そしてバスケ部の顧問だ。今時珍しい松岡修造のような熱血教師で、みんなに「修造先生」と呼ばれていた。本人もまんざらでもなさそうで公認のあだ名になっていた。そのうちに「修造先生」と呼ぶのも面倒になって、仲間内では愛を込めて「シュウゾウ」と呼んでいる。

シュウゾウなら、きっとハヤトが休んでいる理由も知っているはずだ。

ハヤトはシュウゾウのことを慕っていたし、シュウゾウとの出会いがハヤトを変えたとメッシは思っていた。

「俺、放課後シュウゾウに職員室に呼び出されてるから、それとなく聞いてみるよ」

＊

「失礼しまーす！」

職員室に元気よく入っていくと、シュウゾウがこっちを向いて立ち上がり、手招きをした。

「お前さあ、保健体育のレポート忘れてないか？」

「あ、ヤバイ。忘れてました」

「ヤバイじゃないよ。一人だけだぞ、出してないの。明日朝イチ厳守だぞ」

「ハイ。修造先生、いつもありがとうございます」

「やればできるんだから、ちゃんと締め切り守れよ」

メッシはハヤトのことをどう切り出すかを考えながら、切り出せないままそこにしばらく立っていた。

「どうした。何か気になることでもある？」

「えっと、はい」

メッシが意を決して聞いてみようと息を吸ったとき、シュウゾウはふうっと息を吐いて、先にこう言った。

「実は俺もあるんだ。お前だから聞くけど、ハヤトがどうして学校に来ないか知らないか？」

「え？　修造先生知らないんですか？　僕もそれを聞こうと思ってたんです」

「そうか。家に電話してもつながらないんだ。ラインの返事もこない？」

「ラインしてるけど、既読にもなりません」

「今日家庭訪問してくるけど、ハヤト見かけたら声かけてやって」

メッシは不思議に思った。

「あ、でもなんで僕に？」

「ハヤト、俺にいろいろ小学校のころの話もしてくれたんだけど、メッシの名前がよく出てきたよ。お前と遊んでるときがいちばん楽しかったって。いちばん好きな友達だって言ってたぞ」

メッシは、少し後ろめたかった。最後に一緒に公園で遊んだ日、タコのすべり台の上で、寂しそうに笑っていたハヤト。メッシはそれに気づかないふりをして、いつもと同じように笑って手を振ったことを思い出した。

＊

職員室を出て、一人で帰りながら、サイトウさんならどうするかなと考えていた。「人生堂」の前を通ったが、ドアは閉まっており、店の中は暗かった。

「今日は休みかなあ」

家に戻ってサッカーの練習の支度をし、ラップに包んでテーブルに置いてあったおにぎりを二つ巾着《きんちゃく》に入れ、水筒にスポーツドリンクを作り、いつもより一時間早く家を出た。もう一度「人生堂」の前を通ったとき、ドアが開いていた。

「こんにちは」

自転車に乗ったまま入り口からのぞき込んで声をかけたがサイトウさんは見えない。自転車を降りて中に入った。

「サイトウさん」

何度か呼んでみても、店内はしんとしていた。

「誰もいないのに電気もつけたまま。ドアも開けっ放しかよ」とつぶやいて出ようとすると、入り口付近に積み上げてある古い雑誌につまずいた。いちばん上にスポーツ誌の『Number』が載っていた。表紙は元サッカー選手の中田《なかた》英寿《ひでとし》だ。

「『越境フットボーラー欧州戦記。』かあ。これ読みたいな」

メッシはメモをレジの上に残していくことにした。

サイトウさんへ
ちょっと相談したいことがあって来ました。また来ます。
入り口の中田英寿が表紙の雑誌は、誰にも売らないでください。
立ち読みして面白かったら買います。
それから、ドアを開けたまま出かけるのは無用心ですよ。

メッシ

メッシは店を出ると、ドアのストッパーを外して中に入れ、ドアを閉めた。

自転車に再びまたがって走り出すと、部活のトレーニングで大回りを走らされているポンタとすれ違った。

「俺、サッカーの練習までにちょっとハヤト探してみるわ」

メッシはポンタにそう言って、まずタコのすべり台を目指した。

その公園に来るのは久しぶりだった。メッシが遊んでいた数年前は、放課後になると小学生が集まり、サッカーや鬼ごっこをしたり、自転車を乗り回したりして遊んでいた。でも今は、子どもはあまりいなかった。

公園の隅には「野球・サッカー禁止」と書いてある見覚えのない看板が立ててあり、小学生が数人、ベンチに座ってゲームをしている。タコのすべり台を取り合っていたあのころが嘘のように、今は誰も登っていない。

「小学生も忙しいんだよな」

あれだけ毎日遊びに来ていたのに、知らない街に迷い込んだような、異次元に迷い込んだような感覚になって、左右を見渡し、周りの景色を確かめた。

公園の前のマンションも、公園から見える駄菓子屋も、ぐるりと囲む桜の木も、周りの様子は何も変わっていない。

メッシは公園の中に自転車で入り、ゆっくりと一周回った。

「まあ、ここにいるはずもないか」

その後、思い立って、カブトムシがたくさん捕れる公園や、ザリガニ釣りをした小さな池、水遊びをした小さな川の脇を巡った。白鷺《しらさぎ》や鴨も住み着いている浅瀬の川で、下流で大きな川と合流する。

日が暮れるまでハヤトと二人でひたすら穴を掘った空き地の前を通ると、新しい家が建っていた。今のハヤトがこんなところに来るはずはないとは思っていたが、メッシはハヤトと遊んだ場所をもう一度見てみたかった。

「もうそろそろ行かないと、練習に遅れるな」

自転車の向きを大きく変えたとき、小さな橋の横のコンビニから出てくるハヤトを見つけた。

自転車のスピードを上げて、ハヤトの前に飛び出した。逃げられないように、ギリギリで止める。大袈裟なブレーキ音が向かいのマンションに反響した。

キキーッ！

「あぶねっ！　なんだよ。おお、メッシ、久しぶり！」

さすがハヤト。ヒラリとかわして、うれしそうに自分から声をかけて来た。

「久しぶり、じゃないよ。何で学校休んでるんだよ。それに、その頭どうした？」

ハヤトの髪の毛は明るい茶色に染まっていた。ハヤトはニヤリと笑った。

「かっこいいだろ。似合う？　先輩がやってくれたんだ」

メッシは今すぐハヤトに言いたいたくさんのことばを、ひとまず飲み込んだ。

「ちょっと来いよ。土手に行くぞ」

メッシはその日、サッカーの練習を休んだ。ハヤトと大きな川沿いの土手に行くのは小学校四年の夏以来。土手は子どもだけで遊びに行ってはいけないと学校で決められているが、二人でこっそり行ってみたことが一度だけあった。

土手に着くと、ちょうど日が暮れ始めるころだった。

「ハヤトさ、何で学校休んでるんだよ。せめて部活だけでも出ろよ」

「変な説教だな。部活だけなんて出られるわけないだろ」とハヤトは笑う。

土手に座ると、空が金色に光り始めた。マジックアワーだ。

ハヤトは自分から何も話そうとしない。しばらく、二人とも黙ったままで、金色に染まる世界を見ていた。

カラスが何羽も行ったり来たりしている。夕日はなだらかな山の稜線《りょうせん》に吸い込まれ、空と山の間にオレンジ色が残った。

夕日が沈むのをずっと見ていたのは久しぶりだった。

山の向こうに日が沈んだとき、メッシはしびれを切らして、こう切り出した。

「ゴールデンウィークに何かあった?」

ハヤトは青色に包まれた土手の草を無造作にむしりながら、ポツリポツリと話し出した。草の匂いがふわりと流れて来た。

*

ハヤトは一月末のブロック選抜選手の研修会で強豪校の監督から声をかけられた。春休みとゴールデンウィーク中に高校の練習に体験参加することを勧められ、参加した。二年生としては異例のことだ。シュウゾウも、その練習への参加を勧め、許可を出したという。

私立の名門、光風《こうふう》高校。バスケをしている中学生なら誰もがあこがれる高校だった。文武両道で校則も厳しく、成績の評定平均が一定以上なければ、どんなにバスケが上手くても推薦では入れない。

「俺さ、うれしかったんだよ。中学生になってからバスケ部に入って結構大変だったけど、先輩たちやシュウゾウに認められて、友達にも応援してもらえた。そういうの、小学校のときはなかったからさ」

「うん」

「塾にも行ってなかったから、俺は勉強できないんだってあきらめてたけど、中学に入って、自分で授業にちゃんと集中すればある程度はできるんだって分かった。一年間の成績も良かったから、評定平均もクリアだなって光風高校の監督に言われてさあ。なんか、そういうのもうれしかったんだ」

「よかったじゃないか」

「高校生に混じってバスケ部の練習体験してみたら、レベルが高くてすごく楽しくて。帰り際、監督に、卒業したらうちに来るかって言ってもらえて、俺うれしくなっちゃってさあ。はい、行きます！　なんて言ってさ」

「そりゃそーだろ！　いいなあ、光風高校か。うらやましいよ」

「でさ、家に帰って母親にそのことを言ったわけ。そしたらすごく喜んでくれてさ。それで、いろいろ調べたんだよ。学費がどれぐらいかかるのかとか、スポーツ推薦だったら免除されるのかとか」

「うん」

「そしたらさ、学費は免除とかないんだよ。それに、スポーツ推薦だと寮に入らなきゃいけない。その寮費も半分しか免除にならないんだって。うちじゃちょっと行けないことが分かった。うちの親シングルだしさ。パートの掛け持ちじゃ、払えそうにないって。俺もバイトは禁止されてる。どうにもならないんだ」

メッシは胸をえぐられたような気持ちになった。さっき「うらやましいよ」と言ったことを悔いた。

ハヤトは明るい声で話し続ける。

「それで、ゴールデンウィーク明けはショックで、学校二、三日休んじゃえと思って、休んだんだよ。シュウゾウに合わす顔ないしさ」

「うん」

「俺さ」

ハヤトは急に下を向いてこう言った。

「バスケとか勉強とか、続ける意味あるのかな。世の中には、お金がないってだけで、どうにもならないことがあるんだよ」

座っていた土手はいつの間にか闇に包まれて、ハヤトの表情は見えなくなっていた。ハヤトはそれきり、口をつぐんだ。

メッシは、鞄の中におにぎりがあることを思い出し、ハヤトに一つ渡した。真っ暗な土手に座って、二人でおにぎりを食べた。

ハヤトは「うまいな」と、ひと言だけ言った。

＊

メッシは、ハヤトをなぐさめることも元気づけることもできなかった。ただ、「月曜日には学校にこいよ」とだけ言って別れた。

自転車をゆっくりと漕ぎながら「人生堂」の前を通ると、明かりがついていた。

「サイトウさん！」

メッシは、自転車にまたがったまま大きな声で店の中に向かって叫んだ。

「ああ、メッシくん。さっきはありがとう」

サイトウさんが店からヒョコヒョコと出て来る。

「どこ行ってたんですか。開けっ放しで」

「今日は夕方から開けたんだけど、店に来たおばあちゃんがタケノコいらないかって言うから、ほしいって言ったんだ。そうしたら、すぐに竹林に取りに来いって言われてついて行ったら、タケノコ掘るところからやらされちゃって」

さっきまでのハヤトとの会話とあまりにギャップがあり、笑ってしまった。

「サイトウさん、そんなことしてて店は大丈夫なんですか」

「メッシくん、今日はなんだか現実的だなあ。タケノコと一緒に大福も食べきれないくらいもらっちゃってさ。ちょっと食べて行かない？」

「もちろん、食べます！」

中に入ると、入り口に積んであった雑誌が、半分ほど窓際のオープンラックに並べられていた。

「こんなところにラックありましたっけ？」

「さっき届いたばかりだよ。雑誌も置きたいなと思ってね。明日までに片付けてしまおうと思って並べてたんだけど、メッシくんとちょっと休憩しようかな。メモを残してくれた雑誌、ちゃんと別にしてあるよ」

「ありがとうございます」

*

サイトウさんは、折りたたみ椅子に座るメッシの膝の上に新聞紙を広げ、大福が六つ入ったパックの輪ゴムを外して、差し出した。タケノコのおばあさんの手づくりの大福だった。

「今日は練習の帰り？」

「実は、ちょっと練習サボっちゃって。あ、でも、サッカーに対する姿勢は、この間サイトウさんと話してずいぶん変わりました。今日は、ちょっと友達のことがあって」

「メッシくんも、なかなか忙しそうだね」

メッシは、ハヤトのことをサイトウさんに話した。ハヤトが学校を休んでいたこと、ハヤトに会ってさっき土手で聞いた話、そして、最後に質問をした。

「世の中、やっぱりお金がないとどうにもならないんでしょうか」

サイトウさんは、大福をようやく一口食べたところだった。口を押さえて左手をこちらに伸ばし、メッシの言葉を止める。

「ヒョッホマッへ」

「え?」

レジ奥の小さな冷蔵庫から麦茶のポットを出して二つのグラスに注ぎ、一杯は自分で飲んで、もう一杯をメッシに差し出し、こう言った。

「ちょっと一口で食べるには大きすぎた。ええと、何だっけ」

「あの、やっぱりお金がないとどうにもならないことってあるのかなって」

「お金ねえ。あれば楽だけどね」

サイトウさんは、手についていた大福の粉をきれいにおしぼりで拭いて、メッシが取り置きをお願いした雑誌を開いた。サイトウさんの鼻の頭には粉がついていた。

「これね、さっきパラパラと見ていたんだけど、サッカーの特集記事のほかにもいい話が載ってたよ。野球選手の桑田真澄《ますみ》、知ってる？」

「巨人で活躍してた人ですか？」

「そうそう。高校野球から活躍してね、すごい選手だった。この号にも彼の連載が載っているんだ。彼の家は裕福ではなかったみたいだね」

サイトウさんはそのページを開いてメッシに差し出した。

「あ、この人、Ｍａｔｔのお父さんですよね」

「今は息子のほうが有名なのかな。野球選手として大成功を収めて裕福な暮らしぶりがテレビで流れているけど、子どものころは裕福じゃなかったから家族で内職をしたって書いてある。中学生まで自分が貧乏だとは知らずに過ごしていたんだ。お母さん、食事や野球の道具は頑張って揃えてくれていたんだね」

メッシは、大福を三つペロリと食べてから、サイトウさんが残りの雑誌をラックに並べる間、折りたたみ椅子に座ってその二ページを隅々まで読んだ。

「僕は、ハヤトは勉強が嫌いだから塾に行かないんだと思ってたんです。でも本当はそうじゃなくて、行けなかったんだ。習いごともしていなかったと思う。でも中学に入ってすごく頑張って、バスケも勉強も実力が認められて推薦で光風高校に行けるチャンスがあるのに、お金がないから行けないって言うんです」

「子どものときはあまりお金は関係ないし、気づかないまま過ごせるけど、お金があるかないかでできることに制限がかかることは確かにあるよね。大事なのは、それに気づいた後、どうするかじゃないかな。桑田真澄はお母さんがつくろった野球の靴下をからかわれて、どうしたって書いてあった？」

メッシはさっき読んだところをもう一度探した。

「これでええねん、おかんが一生懸命に縫ってくれたんや、オレは野球が上手かったらそれでええねん」と胸を張っていました。

「彼は、お母さんの苦労を知って、お母さんに家を建ててあげよう、楽をさせてあげようと決心をした。それに、この記事の最後の一文がいいじゃないか」

「桑田の野球は、ここから凄味を増すことになる」

メッシは最後の一文を声に出して読んだ。声に出してみると、力が出た。

これは実際に成功した人の話だけど、こんな力をハヤトが手にすれば、怖いものの無しだ。状況は違うけど、ハヤトだって、ここでどう考え、どう行動するかだ。私立の光風高校だけにバスケ部があるわけじゃない。公立だっていいじゃないか。あれだけ上手いんだ、自信を持って進めばいい。

「サイトウさん、なんか僕、ちょっとヒントもらった気がする。これ連載だから、前後の号もあるだけ貸してください。月曜日ハヤトに見せる。いや、明日家に届けます」

「うちは貸本屋じゃなくて古本屋なんだけどなあ。今回だけ特別ね。自分でそのラックから探して持って行っていいよ」

メッシはこの日、一日中ハヤトのことばかり考えていたが、家に向かう途中、ふと自分のことを考えた。俺だって人ごとじゃないんじゃないか。

サッカーのクラブチームに通うには、部活と違ってお金もずいぶんかかる。ユニフォームや練習着も揃えてもらい、スパイクは数か月ごとにダメになる。

「俺も結構お金かかってるんだろうな」

メッシは家に帰ると、ドアを開けてリビングに入るなり、こう言った。

「おにぎり、うまかった」

「どうしたの急に」と、母は、飲んでいたコーヒーを吹き出した。

サイトウさんからの手紙

メッシくん。

君は、不意にとても本質的な問いをぶつけてくるね。ドキッとしたよ。

「世の中、やっぱりお金がないとどうにもならないんでしょうか」

今日の君の問いは、本当に難しい。僕もずっと考え続けているんだ。

だから、あのときは、その場にあった桑田真澄さんの記事にちょっと手助けしてもらったけれど、僕も僕なりの今の考えを君に伝えておきたい。
「お金なんて関係ない」「努力すればなんとかなる」って簡単に答えることもできるかもしれないけれど、世の中はやっぱり、そう単純にはできていないと僕は思っている。

例えば困っているハヤトくんに、君や僕がお金を渡すこともできないし、収入が多い家庭の子は進学塾に通って勉強ができるから受験に有利だということも実際にあるだろう。今の時代、家庭の収入と学歴が比例するということも言われている。だから、誰もが同じスタートを切れるわけじゃない。

でも、もっと大きな歴史的な視点で見れば、日本の状況はずいぶんよくなってきているのも事実だ。

ハヤトくんは今、その私立の名門高校に入るチャンスがあるのに、学費を払えないから入れないことにショックを受けていると思う。だけど、公立高校も私立高校も今は就学支援金という制度もある。それだけの強豪校から声がかかるくらいなら、ほかの私立高校で、奨学生としてスカウトされる可能性だって残っているはずだ。

道は一つだけじゃないんだ。僕たちは、進んでいる道が行き止まりなら違う道を選ぶこともできる。そのとき、学びは力になる。

もっと昔、身分が分かれていた時代はどうだっただろうか。どんなに学びたい気持ちがあっても、実力があっても、江戸時代までは、身分の違いによる格差は明らかにあった。自分の好きな職業を選択する自由もなく、世襲制が当たり前だった。だから、明治時代になって、身分や生まれた家に関係なく、いろいろな職業につけるようになったのは、素晴らしい変化だったと思う。

慶應義塾《けいおうぎじゅく》の創立者、福澤諭吉《ふくざわゆきち》を知っているかな。明治時代の啓蒙思想家でもあった一万円札のおじさんだ。『現代語訳　学問のすすめ』なら、読みやすい言葉で読めるから、興味があれば貸してあげるよ（おっと、これだから貸本屋になってしまうんだ）。有名な冒頭の部分を少し紹介しておこう。

「天は人の上に人を造らず、人の下に人を造らず」と言われている。

（中略）

しかし、この人間の世界を見渡してみると、賢い人も愚かな人もいる。貧しい人も、金持ちもいる。また、社会的地位の高い人も、低い人もいる。こうした雲泥の差と呼ぶべき違いは、どうしてできるのだろうか。

その理由は非常にはっきりしている。『実語教』という本の中に、「人は学ばなければ、智はない。智のないものは愚かな人である」と書かれている。つまり、賢い人と愚かな人との違いは、学ぶか学ばないかによってできるものなのだ。

学ばない人が愚かな人だと限定的に言ってしまうのは抵抗があるけれど、僕は、学ぶことがその人の人生を変え、社会を変えることにつながっていると信じている。学ぶというのは、偏差値の高い高校に合格するためだけの勉強じゃない。それはあくまでもプロセスでしかないんだ。

例えば、今回のことでメッシくんがこの社会に対して何か不満を感じたなら、学ぶことでその社会を変えていく力を手にすることができるということだ。

二〇〇六年にノーベル平和賞を受賞したムハマド・ユヌスという人がいる。大飢饉《ききん》で暮らしに困っている人たちの生活を目の当たりにして、救済活動をしていた人だ。バングラデシュに「グラミン銀行」を作り、マイクロクレジットという無担保少額融資の制度を考え、貧しい女性たちに仕事を与え、女性たちの生活を向上させたんだ。

『貧困のない世界を創る』という著書で、その考え方や、ユヌスが生み出した様々な仕組みを知ることができる。その本の最初に、こう書いてある。

誰ひとり貧しい人のいない世界を
創りたいと望むすべての人々へ

メッシくんの今の思いに重なるところがあるんじゃないかな。

人のことを思い、社会問題を解決する仕組みを考えるためにも、僕たちはずっと、学び、考え続けなければならない。学ぶことで何か違う道を見つけられるはずだから。

メッシくんが感じている社会に対する疑問を、またゆっくり聞かせてください。

4

受験勉強は時間の無駄？

芸術と哲学

「あ〜あ。ヤバイなあ」

そう言って、椅子に座ったまま猫がのびをするように両腕を思い切り伸ばし、背中を丸めたゴッホの手から、後ろの席のナオが解答用紙を取り上げた。

「ヤバくてもヤバくなくても、中間テストはこれで終わり！」

そう言い残し、一列分の解答用紙を集めながら前に進んでいった。

一学期中間テストの最終日。ラストは英語だった。さすがに高校にもなると、ゴッホも解答用紙の裏に落書きをすることはない。

集めた解答用紙を教卓に重ね、席に戻ってきたナオがゴッホに絡む。

「ゴッホは美大に絞り込んだから、成績は関係ないんだろ」

「それがさあ、関係ありそうなんだよ。美大って実技だけじゃ入れないんだ。英語は必須だしね。俺も最近知ったとこ」

ナオは一年から同じクラスで、成績はそこそこ。小学生からドラムを習っていて、高校では軽音部で先輩とバンドを組んでいる。文化祭の後夜祭ライブでトリも務めた。ナオのテクニックはほかのバンドのドラマーとは比べ物にならない。パフォーマンスはギターやボーカルよりも目立っていたし、顔立ちもさわやかで性格もいい。女子にもファンが多い。

ナオは帰り支度をしながら、ゴッホに質問を続ける。

「学科もあるってこと？」

「俺もまだよく分かんないけど、国語と英語は多分ある。まあでも、実技頑張ればいけるだろ。今日、美術予備校の体験に行くんだ。来月くらいから本格的に予備校に通おうかと思って」

ちょうどアクセスを検索したところだったので、スマホの画面を見せた。

「へえ、美大受験でも予備校に通うのか。新宿って、お前の家からだと学校と反対方向じゃん。みんな大変だな」

「なんかひとごとだな。ナオは学部まだ決めてないの？」

「うん。成り行きで入れる学部に行くよ。進路希望も適当に書いた」

「お前のドラム、もったいないから続けろよ」

「もちろん。でも別に音大に行くほどじゃないしさ。だから学部はどこでもいいと思ってる。別に勉強が嫌いなわけじゃないから。三年になったら決めるよ」

「ナオと話してると、大学なんて簡単に入れそうだな。ドラムはどうするの」

「ドラムは仕事にしない。ま、学生の間にバンドやって、スカウトされてさ、どうしてもお願いしますって頼まれたら、考えてもいいけどな」

　そう言ってあっけらかんと笑う。

「俺だったら絶対お前をスカウトするよ。でも、今のバンドのボーカル、お前のドラムに負けてるよな」

「先輩だからあんまり言えないんだよ。でも、俺もまだまだ修業中だから。今日も練習あるから、またな」

窓際の一番後ろからナオが教室を出ていくまでに、何人もの女子がナオに声をかけた。通り過ぎた後も目で追っているのが分かる。きっと、クラスの三分の一くらいの女子はナオに気があるはずだ。

何にもとらわれずにサラリと生きている感じが、かっこいい。好きなドラムにさえも固執しない。だけど楽しんでいる。実際にはどうだか分からないけど、そんな感じがする。きっとみんなそういうところにもあこがれ、惹《ひ》かれるのだろう。

「モテるヤツって、なんか余裕あるんだよな」

ゴッホが教室を出るとき、声をかけてきたのは男子ばかりだった。

＊

電車はいつもの川を渡り、自宅の最寄り駅を越えてさらに二十分。終点のターミナル駅から徒歩十五分。想像以上に遠い。

家電量販店やアウトドア用品店が並ぶ一角を通り過ぎ、大通りを歩く。

「ラッシュが嫌で郊外の高校を選んだのに、都心に通うのか」

とりあえず志望大学を美術系に絞り込んだものの、受験のために何を準備すればいいか全く分からないところからのスタートだ。

美術部の先輩から、とりあえず美術予備校に通ったほうがいいとアドバイスを受けた。先輩に話を聞いたり、自分なりにインターネットの評判を比べたりして絞り込んだ予備校の一つに体験に参加してみることにした。

「はじめまして。こちらへどうぞ」

案内された教室にはいくつものイーゼルがランダムに並んでいた。中央には石《せっ》膏《こう》像が置いてある。

「好きなところに座ってくださいね」

美大受験の準備としては、まずデッサンなど技術の向上が第一だ。この日は、道具の使い方を簡単に教えてもらい、デッサンを体験する。

スタートは午後二時。三十分ほど簡単な説明があり、それぞれデッサンに取り掛かる。一人ずつ順に途中で抜けて、三者面談をはさみ、午後七時半まで約五時間の制作。そして最後の三十分間は、全体の講評だ。

パネルに画用紙をクリップで留めると、鉛筆とカッター、練りゴムを配られた。周囲を見ると、みんなすぐにスラスラと描き始めている。ゴッホは美術部でデッサンも経験済みだが、周りのスピードと慣れた手つきに圧倒されていた。その場の空気に飲み込まれて集中できず、筆の進みは悪い。

三者面談の時間は前もって決めてあり、その時刻の少し前に母親が予備校にやってきた。廊下で前の面談が終わるのを十分ほど待った。

「もう絵描いたの？」

「デッサンやってるんだけど、みんなすごいよ。上手い」

前の面談が終わり、親子が出てきた。入れ替わりにドアを開けるとそこは小さな会議室のような場所だった。若い女性の先生が座っていた。

「希望の大学や学部、やりたいことは決まっていますか？」

「えっと、まだあまりよく分からなくて。でも油画か日本画希望です」

ゴッホが言うと、母親が続けた。

「美術系の大学受験は全く分からないので、基本的なところから教えていただけますか？」

「具体的に絞り込むのは三年生からでも大丈夫ですよ」

ただ、美術部で好きな絵を描いているだけでは美大には入れない。二年生のうちは週二、三日、三年になれば週六日ほど予備校に通って、とにかくたくさん描くことだと言われた。そして、国立の東京藝術《げいじゅつ》大学はもちろん、人気の私立も学科試験をおろそかにしないこと。国語、英語のほか、藝大を受けるならセンター試験でもう一科目の受験が必要になる。

「二年生の間に基礎的なデッサンの技術をしっかり身につけ、三年生からは志望する科を絞り込んで実践的なテーマで制作を進めます。美大は得意なことを生かして受験するから、一般的な大学よりも楽だろうと考える方も多いのですが、実際には一般的な受験勉強のように頭をフル回転させるだけでなく、技術を身につけ、感性を磨いていかなければなりません。非常に厳しいと考えて取り組んでいただきたいのです。学科も手を抜かないでくださいね」

一通り説明を聞いた後で、母親が質問をした。

「藝大はやっぱり浪人しないと入れませんか？」

「現役で合格するのはとても難しいですね。ちなみに私は三浪して何とか入ることができました。四浪までは頑張ろうと思っていたんです」

面談が終わって母親と別れ、また制作に戻った。ゴッホは、目の前に続く道がそう簡単ではないことにようやく気がつき、たじろいでいた。

＊

最後の講評も散々だった。ゴッホは時間が足りず、納得のいくところまで仕上げられなかった。よく描けている順に並べられ、前にずらりと貼り出される。そこに並んだ絵をパッと見ただけで、画力の差はすぐにわかった。講師の先生が絵を見ながら全体の講評をする。

「まず、決められた時間内に仕上げることです。時間配分を考え、全体を割り振ってとにかく仕上げましょう。ここから下の人たちは、まだスタートラインに立てていないと思ってください」

ゴッホは「ここから下の人たち」のうちの一人だった。

講師は教室から出ていく際、ゴッホに声をかけてくれた。

「今日は初めてだったからね。納得のいくところまで完成させられなかったことは、ちょっと悔しかったかな。デッサンは慣れていけば必ず時間内に仕上げられるようになる。今度はぜひ、納得のいく作品を見せてほしいな」

ゴッホの思いは講師にもお見通しのようだった。よっぽど情けない顔をしていたんだろうと思うと励ましの言葉もつらい。

予備校を出ると、どっと疲れを感じた。高校でナオと話していたときとは美大受験の認識が大きく変わった。

あれからもう何日も経っているように感じる。考えが甘かった。

「英語だけじゃなくて、実技もヤバイよ」

帰りの電車の中で、ゴッホは決意を新たにしていた。

「デッサン、もっと描かないとダメだ」

予備校からの帰り道、配られたスケッチブックを持つ手に力が入った。とにかく、描いて、描いて、描きまくる。そうすれば大丈夫。絵を描き続けることに飽きることなんてないはずだ。上手いかどうかは分からないけど、絵を描くことは全く苦にならない。そこだけは誰にも負けない自信がある。

その一方で、もう一つ気がかりが出てきた。

「学科がネックだな」

英語、国語、それともう一科目。日本史、生物、数学のどれにするか。一応、国公立文系を受験できるように二年の授業は選択してある。この三科目の中だと、日本史は避けたい。年号や漢字を覚えるのは苦手。生物と数学は、どちらかと言うと得意だ。でも全く絵に関係がないような気もする。

絵に本気で向き合うには、英語や国語、生物や数学などを勉強するのに割く時間がもったいないという思いが強くなる。電車に乗っている時間も無駄な気がする。いますぐにでもデッサンの練習をしたい。

*

翌日の日曜日。いつもなら昼まで寝ているゴッホが朝早くからモゾモゾと起き出した。

弟のメッシは六時ごろから練習試合に出かけたようで、リビングにTシャツとスウェットが脱ぎ捨ててある。その時間に一度起きた母親は、リビングのソファで二度寝していた。

「イーゼルでも買いに行くか」

近所のホームセンターに出かけたが、デッサン用のイーゼルが見つからない。スマホで「イーゼル」を検索すると、自分でも簡単に作ることができそうだとわかった。わざわざ電車に乗って買いに行くのも面倒なので、ホームセンターで手に入る木材で簡単なイーゼルを作ることにした。

穏やかないい天気だ。ホームセンターを出ると、道路脇に植えられたツツジが満開だった。

「小学校のころは、ツツジの蜜、学校帰りにみんなで吸ってたよなあ」

花を一つ取って口にくわえる。あのころと変わらない甘い味がした。

カットした木材を抱え、のんびり散歩をしながら家に向かった。「人生堂」の前を通り過ぎると、後ろからサイトウさんに声をかけられた。

初めて立ち寄ったあの日から、ゴッホは前を通るたびに「人生堂」に顔を出し、サイトウさんと話をする仲になっていた。

「やあ、ゴッホくん。今日は寄って行かないんだね。何か作るの？」

ゴッホは足を止め、振り向いて答えた。

「今からイーゼル作ってデッサンの練習しようかと思って」

「いいね。いよいよエンジンがかかって来たな。頑張って」

そう言って店に入っていくサイトウさんに笑って手を振り、ゴッホはすぐに帰ろうとしたが、思い直して「人生堂」に引き返した。

「サイトウさん、今、お客さんいないですよね」

「ご覧の通り、お客さんはいません」

「ふふ。じゃあ、ちょっと寄り道して行こうかな。サイトウさん暇そうだし」

「どうぞ。歓迎しますよ」

ゴッホは木材を本棚と壁の狭い隙間にそっと立てかけ、自分で店の奥から折りたたみ椅子を出してきて座った。サイトウさんも、いつものようにお茶を入れてくれる。

「今日はそば茶だよ」

「そば茶？　うわ、これ、うまい。そばぼうろの味がする。俺、小さいころ、そばぼうろが大好きだったんですよ」

「まあ、そばの実だから、同じ香りだろうね」

「木材抱えて歩いたら疲れちゃって。ちょっと休憩したら帰ります」

「そう。何か話したいことがあるのかと思ったよ」

「結構、バレてますね」

ゴッホはそばの香りを楽しみながら、視界の端に見えた赤いかたまりに目をやった。大学入試の過去問題集、赤本がまとまって十冊ほど並んでいた。

「意外だな。こんな本も置いてるんですね」

サイトウさんも、ゴッホの視線の先を見た。

「ああ、赤本ね。こういうのは売れるから、比較的新しいものが入ると置いておくんだ。僕も食べて行かなきゃいけないからね」

「みんな受験勉強するんだなあ。受験勉強って意味あるのかな」

「ゴッホくんにとっては意味がない？」

「昨日、美術予備校に体験に行ったんですよ。そうしたら、体験に来てた人たちみんなすごくデッサンがうまかった。俺、今まで絵には自信があったけど、ちょっとなめてたんですよね。上には上がいる。果てしなく。でも、別にそれで落ち込んでるわけでもなくて、スイッチが入りました。でも、そうしたら、学科の勉強する時間がもったいないと思い始

めちゃって」

「もったいない?」

「だって、国語とか英語とか、別に絵を描くのに必要ないじゃないですか。日本で暮らすなら英語は必要ないし、絵で表現するんだから、文章を読んだり書いたりする必要もない。藝大も受けるなら、さらにもう一科目、必要ない科目を勉強しなきゃいけない。それってどうなのかなあ。やりたいことが決まったら、そのことだけ極めたい。だから受験勉強する時間は無駄だと思うんです」

「受験勉強って大学に入るためだけのもので、そのあとは全く役に立たないということかな」

*

サイトウさんは、ちょっとうれしそうな顔をして、いつものようにゴッホの近くに椅子を持ってきて座った。

「サイトウさんは、役に立つと思いますか」

「自分がどうしても知りたいと思って取り組む学びと、学校の授業や受験勉強で、決められたタイミングで取り組むべき学びがあるよね。僕は、高校くらいまでの基礎的な知識は、どんな分野に進んだとしても役に立つと思うよ」

「そうかなあ」

「ゴッホくんの場合、例えば英語なら、海外のアーティストの考え方や技法について英語で書いてある本を読みたくなるかもしれないよね」

「うーん。確かに、ニューヨークの若手アーティストのことは知りたいな」

「そのとき、高校までの基礎的な単語力や読解力が身についているかどうかで、次の行動はずいぶん変わるよね。読みたいと思ったところで一から勉強して英語を習得してからその本を読まなければならなかったら、どうせ読めないと途中で諦めてしまうだろう。でも、ちょっと頑張れば読めそうなら、辞書を片手にすぐ読み始めることができる。国語も、情報や知識を手に入れるためだけじゃなく、自分の考えを深めるためにも基本的な知識が必要だ」

「英語や国語はそうだとしても、数学や生物は関係ないから必要ないと思うんだけど」

「自分がやりたいことだけやるというのは、たとえると、棒が一本だけ立っているようなものなんだ。それ以外も学ぶことで、その棒の周りに支えがたくさんできていく。それは砂や粘土のようなものかもしれないし、数か所にピンポイントで脚をつけるような状態かもしれない。どちらにしても、どっちが倒れやすいか、安定するかはイメージできるよね」

「棒倒しの逆バージョンか。まあ確かに、棒だけ立てるのは難しいかも」

「例えば、ダリは好き？」

「ダリはゴッホの次に好き。絵も独創的だし、あの顔が好きだな」

「ダリは、広島と長崎に原子爆弾が投下された後、原子核をテーマにするんだ。フロイトの精神分析や、宗教的な要素も絵画に反映されていく。ピカソだってとても知的好奇心が強い人だったんだよ。世界を知りたい、学びたいという意欲と行動は、創作に大きく影響するだろうね」

「ダリがそういうことを学んでるって、知らなかった」

「絵を描く以外は一切何もしたくないなら、大学に行かずに絵だけ描いていてもいいかもしれないけどね。ゴッホくんはなぜ大学に行きたいの？」

「なぜって言われてもなあ。普通の大学よりは美大に行きたいと思うけど。そう言われてみると、どうしてだろう」

「学ぶってどういうことなんだろうね。ゴッホくんはなぜ絵を描きたいのか、どんな絵を描きたいのか、なぜ美大に進学したいのか。美大で何を学ぶのか。大学に入学したらどんな講義があるのか。そういうことも含めて、改めてじっくり考えてみてもいいんじゃないかな」

「でも今は、少しでも時間があれば、とにかく絵を描きたいんだけど」

「もちろんデッサンはしっかりやるといい。自分がやりたいことに取り組めば、嫌々やるよりも力が発揮できるからね。絵が描けない時間、例えば満員電車で移動するときに、まずはこれを読んでみるといいよ」

　そう言って、薄い文庫本を渡してくれた。デカルトの『方法序説』。記憶のどこかにその名前はうっすらと残っていた。

「この本を書いたルネ・デカルトはどんな人か知ってる？」

「われ思う、ゆえにわれありって言った人だよね。えっと、倫理で習った」

「ほら、倫理の授業で仕方なく覚えたことも、今、少し役に立ったね。デカルトは、近代哲学の父とも言われるフランスの哲学者。x軸とy軸の平行座標を考えた人でもある。この本は、屈折光学、気象学、幾何学の論文をまとめた本の序説なんだ」

「そう聞いても、あんまり興味が持てないなあ」

「ここからが面白いところだ。この序説は、デカルトがあらゆる学問を学んだ上で、それらを放棄して旅に出るところから始まる」

サイトウさんが指差したページにはこう書いてあった。


そしてこれからは、わたし自身のうちに、あるいは世界という大きな書物のうちに見つかるかもしれない学問だけを探求しようと決心し、青春の残りをつかって次のことをした。旅をし、あちこちの宮廷や軍隊を見、気質や身分の異なるさまざまな人たちと交わり、さまざまの経験を積み、運命の巡り合わせる機会をとらえて自分に試煉を課し、いたるところで目の前に現れる事柄について反省を加え、そこから何らかの利点をひきだすことだ。

「世界という大きな書物、っていいね」

「そう。僕たちは学ぶ姿勢さえ手にすれば、世界の全てから学ぶことが出来る。でも、デカルトは学問の全てを捨てたわけじゃない。数学的思考法を自分の人生の核にしたんだ。数学の難問を解くための手順は、さまざまな問題を考える時に役立つということに気がついた。デカルトが自分なりに世界を読み解き、その本がこうして今の時代まで残っているのは、さまざまな学問を学んだベースをもとに、批判的に検証することができたからじゃないかな」

「ちょっと難しくなってきたな。でも、倫理のテストのために覚えていただけでも、全然知らない人の話を聞くよりは興味が持てるよ。あの倫理の教科書に載ってた人が、そんなこと考えてたんだと思うと面白い」

「多分、授業でも先生が話していると思うけど、興味がないとそういうことを聞き逃してしまうんだ。今ゴッホくんが言ったように、全く知らないよりは、少し知っていることのほうがもう少し知りたくなるよね」

「サイトウさんは、この本いつごろ読んだの？」

「僕は高校生のころに読んで、世界という大きな書物を読み解く前に、まだまだ読まなければならない本が山ほどあるなって思ったんだよ。だって、信じられるだけの自分の理性というものが何だか分からなかった。不安だったんだ」

「『方法序説』を読んで変わった？」

「とても短い本だけど、読み進めながら、学ぶことや考えることについて改めて捉え直す機会になったね。それまでやらされてると思っていた勉強に向き合う自分の姿勢が変わったかな。ゴッホくんも、学科の勉強を進める前に、まずはこれを読んでみるといい。それから勉強したって遅くないから」

「哲学なんて、自分に全く関係ないものだと思ってたけど、生き方とか考え方って感じだね」

「哲学は、過去の偉大な人たちが編み出した、現実的な思考のワザだと僕は思っている。学びって出会いが大事なんだ。古本と一緒だよ。ゴッホくんだって、自分が興味や関心があるものは、自分で調べたり学んだりするよね」

「好きなことならね」

「今日だってイーゼルが売っていなかったから、自分で調べて作ろうとしただろう。だけど、興味がないものには自分からは手を出さない」

「だって、時間がもったいないから」

「そうすると残念ながら、自分の枠を広げることは難しくなる。学生時代は、学校の授業や受験勉強で、いまはまだ関心がないものと出会うチャンスをもらっている時期なんだ。後々、効いてくることがたくさんあるんだよ」

「まあ、今の話を聞いて、よし、勉強するぞ！　と急にはならないけど……。とにかくこの本は読んでみるよ。サイトウさんを通して出会った本だから。何かのチャンスだな、きっと」

「まあ、鞄に入れて持ち歩いて、気持ちに余裕があるときに読むといいね」

ゴッホが本を閉じると、百円の値札が貼ってあった。

「今日は、この本買って帰るよ」

「お、ありがとう。紹介した甲斐があったね」

「ジュース代より安いのに、人生の何かが変わるかもしれないなんて、お買い得だよね」

ゴッホはそう言って、百円をレジの横に置いた。

サイトウさんからの手紙

ゴッホくん。

今日は僕の勧めた本を買ってくれてありがとう。ゴッホくんの「サイトウさんを通して出会った本だから」という言葉を聞いて、古本屋になって良かったという思いを噛《か》み締めています。

大学進学を就職のためと割り切って、偏差値を上げることを目指して勉強する学生も多い中で、ゴッホくんのように少し立ち止まって進路や学びについて改めて考え直すのは、とても大事なことだと思う。

そこにはもどかしい思いや苦しい時間も伴うだろうけど、ここであれこれと考えることが、きっと君の人生においても意味のある時間になると思うんだ。

いろいろな教科を学ぶことと絵を描くこと、今はまだつながらないかもしれない。だけど、芸術家たちは、絵の技術だけでなく、文学や音楽、科学や数学などさまざまな学問から影響を受け、インスピレーションやアイデアを得て作品を生み出してきた。

さっきは話に出さなかったけど、レオナルド・ダ・ヴィンチについてはゴッホくんもきっとよく知っているよね。十五、十六世紀のイタリアの芸術家で、万能の天才といわれていた。

彼は建築家や彫刻家でもあり、光と影の研究や人体解剖、天文学や物理学への造詣も深かったことで知られている。あの「モナ・リザ」や「最後の晩餐《ばんさん》」も、世界のすべての事柄への研究熱心な姿勢があったからこその作品だった。

彼の残したノートの中からそのメモや文章を抜粋した『レオナルド・ダ・ヴィンチの手記』という上下巻の本も「人生堂」にあるんだよ。

例えば解剖について、その本にはこう書いてある。

どうして画家は解剖学を知る必要があるのか——裸体の人々によってなされうる姿勢や身振りにおける肢体を上手に描くためには、腱《けん》や骨や筋や腕肉《ラチエルテイ》の解剖を知ることが画家には必要である。それというのも、さまざまな運動や力に当って、いかなる腱もしくは筋がかかる運動の原因であるか、またもっぱらかのものを一目瞭然たらしめこのものを肥大ならしめるか知らんがためにほかならぬ。

ダ・ヴィンチが自分を取り巻くすべてのものから貪欲に学び、見えている部分を忠実に描くだけでなく、目には見えない体の仕組みや心の動きまでも描こうとしていたことが、この本から伝わってくるはずだ。

絵を描くこととは少し離れるかもしれないけれど、僕が学ぶ喜びについて感銘を受けた本をもう一冊紹介したい。

ヘレン・ケラーの『わたしの生涯』という自伝だ。ヘレン・ケラーがどんな人かは知っているかな。彼女は一八八〇年にアメリカで生まれ、一歳七か月のとき、高熱で視力と聴力を失った。見ることも、聞くことも、話すこともできなくなってしまったんだ。そこからどのように言葉を獲得し、学ぶ喜びを手にしたかを克明に記している。

両親の声も聞こえない。周りの人の表情もわからない。そんな闇の中でかんしゃくを起こし、格闘していたヘレンが生きる喜びを知ったきっかけは、サリバン先生との出会いだった。物に名前があることさえ知らない幼い子どもが、言葉を獲得するのは容易じゃない。

サリバン先生に心を開き、言葉を覚え、学び、世界を知っていく様子は圧倒的だ。視覚と聴覚を閉ざされ、世界から切り離された環境に置かれた人間にとって、読書こそが世界を知る方法になっていく。

ヘレンはある時、井戸から汲《く》み上げた冷たい水が自分の手に流れるのを感じながら、サリバン先生が手のひらにくり返し指でつづる文字により言葉という概念の本質に気づく。その冷たいものの名前が「水（ウォーター）」だということを知るんだ。その後、ヘレンの世界はこんなふうに変わる。

> 私は急に熱心になって、いそいそと井戸小屋を出ました。こうして物にはみな名のあることがわかったのです。しかも一つ一つの名はそれぞれ新しい思想を生んでくれるのでした。そうして庭から家へ帰ったとき、私の手に触れるあらゆる物が、生命をもって躍動しているように感じはじめました。それは与えられた新しい心の目をもって、すべてを見るようになったからです。

僕たちは物事の本質や世界の仕組みの核心に触れることで、新しい世界を見ることができる。本を読むことで、ゴッホくんもまた新しい絵が描けるようになっていくんじゃないかと、僕は思っている。

そういえば、まだゴッホくんの絵を見たことがないね。

今度来るときは、ぜひ絵を見せてほしいな。

5

いじめはなくなるのか

多様性と共存

「メッシ、職員室にこれ持って来て」

終礼の後、担任のシュウゾウがメッシに声を掛ける。教卓には、提出されたクラス全員のノートを集めた山が二つ。メッシは日直だった。

中間テストが終わって部活も再開し、テスト期間中に一緒に帰っていたみんなはまた部活に戻っていった。メッシのクラブチームはテストがあってもなくても、練習は火曜と金曜、週末は練習試合や公式戦だ。今日は水曜日で時間にも余裕がある。部活に所属する友人たちとは違うペースで取り組むサッカーも、自分なりに受け入れることができるようになった。

シュウゾウは毎日、朝の会で熱血小噺《こばなし》をひとつする。生徒は各自専用のノートをつくり、小噺のメモを毎日書き留め、感想を一行以上書くことになっていた。

シュウゾウは年五回の定期テストが終わるたびに一斉にノートを集める。ノートは成績には全く関係なく、シュウゾウが必ず熱いメッセージを書いて返してくれる。

「自分を信じて進め！」

「倒れたらまた立ち上がればいい！」

令和の時代には熱すぎるメッセージ。大半の生徒は「ウケる」などと言いながらも、その返事を読むことを楽しみにしている。生徒一人一人とシュウゾウの、年に五回の交換日記だ。

「ハイハイ。運びまーす」

「メッシ、ハイは一回だろ」

ハヤトがニヤニヤしながらメッシに横槍《よこやり》を入れ、教室を飛び出していった。

夕暮れまで土手で話した翌日、メッシはサイトウさんに借りた雑誌をハヤトに届けた。すると、翌週から学校に来るようになったハヤト。茶色く染めた髪は自分で染め直し、不自然なくらい真っ黒になっていた。何事もなかったように学校に来て、バスケに打ち込んでいる。

メッシはハヤトとの距離がずいぶん近くなったような気がしていた。

「ハヤト、元気になってよかったな」

職員室への廊下を歩きながら、ノートの半分を抱えたシュウゾウがメッシに話しかける。

シュウゾウは背が高い。体幹がしっかりしていて、細身だが筋肉もあり姿勢がいい。メッシは普段少し猫背気味だったが、シュウゾウの前では自然と背筋が伸びる。体幹を鍛えようと思ったのもシュウゾウがきっかけだった。先生というより、精神的なことを教えてくれる兄貴的な存在だった。

「この間、ハヤトとちょっと話したんですよ。ハヤトも元気になったけど、僕もあいつと話してちょっと変わった気がします」

「どんな話したの？」

「それは、親友との話ですから、先生には教えられないですね」

シュウゾウは、「何だよ。大人になったもんだな」と言いながら、ノートを抱えたまま、メッシに軽く体当たりをしてきた。

「うわあ。ちょっと、ノート落としたらどうするんですか。先生はいつまでも子どもっぽくて困りますね」

二人は笑いながら職員室に入っていった。

「大人になったメッシくんに、ちょっと頼みごとがあるんだけど。あっちの部屋に行こうか」

職員室の隣には生徒会室がある。シュウゾウはその方向を指差した。

＊

「もうすぐ生徒会役員の選挙がある。立候補してみない？」

「え？」

メッシは予期せぬ言葉に驚いた。

「えっと、誰が立候補するんですか？」

「メッシだよ」

メッシは自分の意見をみんなの前で言うことが苦手だった。自分が意見を言うことで誰かが意見を言えなくなるような気がして、学級活動でも進んで発言することはない。自分ではリーダー的な存在ではないと思う。

「どうして僕なんですか。そんなの考えたことがありません」

「適任だと思うけど」

「適任じゃないと思います」

「どうしてそう思うの？」

「どうしてって、人前で話すのあんまり好きじゃないし」

「やってみたことある？」

「ないけど。それは、苦手だからやらないんですよ。生徒会長って、自分の意見をしっかり持ってる人とか目立ちたい人がやればいいんじゃないですか」

「まあ、結果的には目立つけど、目立ちたいからやりたいっていう人が生徒会長になればいいと思う？」

「そう言われると、目立ちたいだけの人がなるのもどうかと思うけど」

「じゃあどんな人がいい？」

「さっき言いましたけど、自分の意見をしっかり持ってる人」

シュウゾウはたたみかけるように質問を続ける。

「自分の意見をしっかり持っている人ってどんな人？　自分の意見を人に押し付けたり、押し通す人のこと？」

「うーん。それは違うかなあ。自分の意見をしっかり持ってるけど、人の意見にも耳を傾けられる人がいいかな」

「いいじゃない。そういうことをちゃんと言える人っていいよね」

「え、あ、ダメですよ。僕は人前で話すのが苦手だし、そんなに大した考えも持ってないし。生徒会長って朝礼で前に立って話さなきゃダメじゃないですか。サッカーでも声が出てないって監督に注意されるのに、無理ですよ」

メッシは、シュウゾウにコントロールされているように感じて、自分が生徒会長には向いていないと思う理由を慌てて並べた。

「そういう人が前に立って話している姿を見ると、みんな勇気出るよね。サッカーでも、リーダーシップやキャプテンシーは重要だよ。ポジションは？」

「ボランチです」

「ボランチって、ど真ん中の司令塔じゃないか。サッカーにもこの体験は絶対に還元できるぞ」

　メッシは、言い返す言葉が見つからず、しばらく黙っていた。

「どうして、そんなに僕にさせたいんですか」

「先生は、生徒会ってすごく面白い活動だと思ってる。メッシはあんまり自分で前に出ないけど、みんなから信頼されてるし、一歩引いたところから全体を見るようなところがあるだろう。立場の違う人の気持ちもよく考える。かと言って、納得しなければ、みんなの意見に流されることもない」

「それはよく言い過ぎですよ」

「メッシが適任だと思うんだ。チャレンジするかしないかは任せる。でも、見える世界が変わるかもしれないよ。今、目の前に自分の可能性を引き出すチャンスがあるんだよ」

シュウゾウは、ひと呼吸おいて続けた。

「さあ、どうする？　あとは自分で決めたらいいよ」

「ずるいなあ」

戸惑いながらも、メッシはシュウゾウが自分を見てくれていたことがうれしく、誇らしかった。

「ま、今週ちょっと考えてみてよ。告示は来週。先生は、メッシならできると思ってる。普段は確かに、モジモジしてるようにも見えるけどさ、いざとなったらできる。難しいことがあれば、俺も一緒に考えるよ」

＊

翌日、メッシのクラスで、ある事件が起こった。

「池田さんの体操服が無くなりました。誰か心当たりのある人、いませんか」

シュウゾウが終礼でみんなに問いかけた。

「持ってきてないんじゃないの？」

お調子者の男子がヤジを飛ばすと、数か所でクスクスと笑いが起こった。

「今朝、体操服は持ってきたそうだ」

教室は静まりかえった。嫌な空気が流れる。誰かが隠したのだろうか。

「今ここで、みんなで黙っていても体操服は出てこないだろうから、何か気になることがあれば個別に教えてください。それと、みんなも探して、見つかったら教えてください」

池田さんは、ＪＩＣＡ（国際協力機構）で働いているお父さんの転勤で、中学校に入るまでは世界のあちこちを回り、インターナショナルスクールで学んでいた。両親は日本人なので日本語も英語も話せるが、どちらかというと英語が得意だ。祖父母の家のあるこの街に引っ越してきたのは中学一年の七月だった。

会話に英語が混じることもあり、最初はかっこいいとみんなから憧れられていた。一年生のときには、同じクラスだったリーダー的な女子、松山さんがすぐに池田さんに声をかけ、しばらく一緒に行動していた。

それが、ある時突然、「いい気になっている」と煙たがるようになった。松山さんと池田さんが、学級会などで何度もぶつかるようになったからだった。それ以来、大半の女子たちは池田さんから距離を置くようになっていた。

池田さんはさっぱりした性格で、男女関係なく同じように接するので話しやすい。陸上部で長距離を走っていて、学校のロードレース大会ではメッシが男子の部、池田さんが女子の部で優勝していた。メッシにとっては気軽に話せる女子の一人だった。

池田さんは今日も、いつもと変わらぬ様子で、背筋をピンと伸ばして前を向いて座っている。

ポンタがくるりと振り返り、メッシに小声で言った。

「昨日、バスケ部の女子がなんかコソコソ言ってたんだよ。松山が中心になってた。あいつらがやったんじゃないかな」

ポンタは池田さんにあこがれている。バスケ部に入ったばかりでまだ持久力がなかったころ、ポンタはいつも部活のランニングで周回遅れになっていた。バスケ部の女子がそれを見て笑っていたときに池田さんが注意してくれたという。

「あんまり簡単に決めつけるなよ。池田さんのこと好きだから心配なのはわかるけどさ」

「す、好きじゃないよ。何言ってるんだよ。今そんな話じゃないだろ」

ポンタは顔を真っ赤にして否定する。分かりやすいヤツだ。

リョウが横から言葉をはさむ。

「でもさ、この間も池田さん、筆箱探してたんだ。そのときは俺、日直で残ってたから一緒に探したんだけど、後ろの掃除用具入れの上にあったんだよ。どう考えたって誰かに隠されてるだろ、あれは」

「そのときは誰にも言わなかったってこと？」

メッシがリョウに尋ねた。

「池田さんが、面倒だから誰にも言うなって」

ポンタがすかさずリョウを見て、問い詰める。

「なんだよ、お前と池田さんだけの秘密かよ」

リョウは得意そうに答えた。

「ま、そういうことだな」

「だんだんエスカレートしてるってことじゃないか」

「だな。ここは、ポンタのためにも、協力しますか」

リョウはそう言って、三人の仕事を割り振った。リョウは女子、ポンタは男子にくまなく聞き込み。メッシは今日もサッカーの練習がないため、放課後、部活が始まってから学校の隅々まで探すことにした。

＊

終礼が終わって人の出入りが落ち着くまで、メッシは図書室で本を探すフリをして時間をつぶしていた。

「あら、珍しい。メッシくんも本借りるのね」

図書室にやってきた司書の先生に見つかり、声をかけられた。

「あ、たまには本でも読んでみようかと思って。どれがいいですか」

本を借りるつもりは全くないが、ここは調子を合わせるのが得策だ。

「今、宮沢賢治フェアやってるのよ。そこに全集があるから読んでみたら？」

「えっと、じゃあ、これ借りようかな」

メッシは手元にあった一冊を適当にとり、貸出の手続きをした。

「宮沢賢治、先生大好きなの。今度感想聞かせてね」

「はい」

それぞれの部活の部員たちが支度を終えて、ウォーミングアップをしている声が聞こえてくる。メッシはその文庫本を学生服のポケットに入れ、素早く図書室を出た。廊下には誰もいない。

「一番上から行くか」

階段を上り、最上階の三階に着いたとき、廊下の突き当たり、非常階段に通じるドアの窓のあたりで何かが動いたような気がした。その場で立ち止まってじっと見ていると、数人の人影が動いているのが見える。

非常階段には出てはいけないことになっているが、誰かが外に出ているのか。

メッシはとっさに一番近くの教室に入り、引き戸の後ろに身を寄せて息を潜めた。

非常階段のドアがガチャリと開いた音がして話し声が聞こえてくる。女子の声だ。二、三人だろうか。

「池田、絶対先生に言いつけたよね」

「まあ仕方ないんじゃない。体操服ないんだから」

女子たちはケラケラと笑っている。

「でも全然落ち込んでないじゃん。ああいうところがかわいげないよね」

「ちょっと英語ができるからってチヤホヤされて頭くるよね。日本語も時々変だし。空気読まないで思ったこと言い返してくるしさ、なんなのあれ」

「忖度《そんたく》しないとダメだよねえ」

メッシは声を聞いて一人は誰かすぐにわかった。バスケ部の松山さんだ。

「やっぱりそうか」

松山さんは、リョウと同じ小学校だった。リョウの話だと小学校のころから勉強もスポーツもよくできた。クラスでも常に中心人物だ。学級委員は何度もやっていたし、文化祭ではいつも主役に立候補。先生も何かと頼っていたと言う。

松山さんはかなり強引で、反対意見を言うと面倒なことになると陰で言われていた。ただ、そんなに嫌なことをするわけでもないし、みんなに嫌われているわけでもない。面倒見のいいところもある。みんなが松山さんの意見に従って、松山さんの思い通りにことが進んでいる間は、クラスは平穏だった。

池田さんがクラスに慣れてきたころから状況は一変した。池田さんは松山さんであろうと誰であろうと、自分の考えや疑問を容赦無くストレートにぶつける。学級会や文化祭、体育祭、合唱祭など、クラスで何か話し合うたびに、松山さんの思い通りにならないことが増えていった。自分のプランに文句を言われたことのない松山さんは、毎回機嫌を損ねた。

ただ、二人は二年になって別々のクラスになり、直接やりあうことはなくなった。みんなもう過去の話だと思っているはずだ。

メッシは、声が聞こえなくなるのを待って、教室からそっと顔を出し、周りを見渡した。階段を降りていく足音も聞こえなくなっていた。

どうする？　リョウやポンタを呼ぶか。

ポンタはバスケ部、リョウは珍しくハンドボール部の練習に顔を出して、部活をしながら聞き込みをしている。二人とも、部活中に抜けるのは難しい。部活が終わるのを待っていたら、下校時刻に間に合わなくなってしまう。

シュウゾウに相談することも考えたが、すぐに自分の目で確かめたくなった。

教室から出て、登ってきた階段の手すりから下を覗き込み、誰もいないことを確認してから廊下の突き当たりの非常階段へ向かった。

ドアには鍵がかかっていて、解錠《かいじょう》禁止の貼り紙がドアノブの上にあるが、簡単に開けられそうだ。

「禁止って言われても、これじゃあ簡単に開けられるよ」

鍵を開けると、ガチャリと大きな音がした。思っていたより大きな音が廊下に響いた。メッシは念のためもう一度後ろを振り返る。

「心臓に悪いよ」

そうつぶやきながらゆっくりとノブを回してドアを押し開け、外に出た。グラウンドから見えないように、すぐにそっとドアを閉め、身を低くした。

「ふう。スパイ映画みたいだな」

周りを見たが、その場所には何もない。身をかがめたままで階段を少し降りてみると、半階分を降りた小さな踊り場を曲がったところに、体操服の袋が置いてあった。袋には、キーホルダーがついていて、ローマ字で名前が書いてある。

「MIKA・I」

「池田さん、下の名前、ミカだったっけ」

メッシはとりあえずその袋を抱え、這いつくばるように階段を登って元のドアから校舎の中に入り、鍵を閉めた。

「で、ここからどうするかなんだよ」

＊

「そういう時は自分で動く前にひと声かけてほしかったな。非常階段は入っちゃダメなの。針金で固定してあったよね。針金、外れてた？　解錠禁止って書いてなかった？　困るんだよな。探偵ばりに頑張っちゃったんだろうけど」

職員室でメッシはシュウゾウにひと通り叱られたが、体操服はシュウゾウが見つけたことにしてくれた。ややこしくなるから副校長には秘密だ。

「でも、体操服が出てきてよかったよ。大きい声じゃ言えないけど、メッシの気持ちはうれしい。ありがとう」

「あの、これからどうするんですか」

「まずはこの体操服を池田さんに返す。それから、メッシならどうする？」

メッシは、三階の教室で息を潜《ひそ》めて松山さんたちの声を聞いている時からずっと、これからのことを考えていた。

「ちょっと、一晩考えていいですか。それで、明日の朝、みんなが来る前に先生と話したい」

「わかった。俺も考えてみる。池田さんには体操服が見つかったことを電話で伝えるようにするよ。池田さんが今後どうしたいかも聞いておく」

部活はまだ続いていた。グラウンドでハンドボールをしているリョウを呼び、メッシは両手で大きなマルのサインを作った。

メッシは校門を出て、「人生堂」に向かって走り出した。

「こんにちは」

飛び込んできたメッシに、サイトウさんはぶつかりそうになりよろめいた。メガネがずれて、漫画に出てきそうな顔になっている。

「心臓に悪いなあ。どうしたの、そんなに急いで」

「ふふ。僕も今日、ずいぶん心臓に悪いことしちゃいました」

「意味深だなあ。とりあえず何か飲む?」

「お水ください」

コップ一杯の水を一息で飲み干すと、サイトウさんに今日の出来事を話した。

「そうか。体操服、見つかってよかったね」

「でもまだ、隠した本人に何をどう言えばいいかとか、クラスや学年でどうやってこれを共有するかとか、考えなきゃいけないことが山積みなんです」

「でもひとまず、体操服は出てきた」

「それはそうだけど。これって、やっぱりいじめなのかな」

サイトウさんは、煎餅《せんべい》をメッシに差し出しながら、本の話をはじめた。

「池田さんの話、森鷗外の『杯』という話を思い出したよ」

「それって、いじめの話なんですか？　森鷗外は昔の人ですよね。昔からいじめってあったの？」

「文章の中にいじめっていう言葉があるわけじゃないけど、僕はそれに近いものを感じた。鷗外はせいぜい百年前の人。人間は何百年経っても、そんなに変わるもんじゃない。だから優れた文学はずっと残っているんだ。何百年前に書かれたものでも、十分に現代の人間関係や社会に照らし合わせて読むことができる」

「『杯』はどんな話なんですか？」

「温泉宿の近くの泉に、七人の娘がやってくる。みんな同じ大きな銀の杯を持っていて、その杯で水を飲んでいると、そこに八番目の娘がやってきた。彼女だけ髪の色も目の色もみんなと違う。黒ずんだ小さな杯で水を飲もうとするその娘を、七人の娘たちは蔑《さげす》み、侮《あなど》り、哀れみの目を向け、この銀の杯で飲みなさいよと言葉を掛ける。そこでその子はフランス語でこう言うんだ」

第八の娘の、今まで結んでいた唇が、この時始《はじ》めて開かれた。
“MON《モン》. VERRE《ヴェール》. N'EST《ネ》. PAS《パ》. GRAND《グラン》. MAIS《メ》. JE《ジュ》. BOIS《ボワ》. DANS《ダン》. MON《モン》. VERRE《ヴェール》”
沈んだ、しかも鋭い声であった。
「わたくしの杯は大きくはございません。それでもわたくしはわたくしの杯で戴きます」と云ったのである。

（中略）

第八の娘の態度は第八の娘の意志を表白して、誤解すべき余地を留めない。

一人の娘は銀の杯を引っ込めた。

自然の銘のある、耀《かがや》く銀の、大きな杯を引っ込めた。

今一人の娘は黒い杯を返した。


「静かに、毅然《きぜん》とした態度で対することで、言葉は通じなくてもその独立した意思を相手に伝えた」

「たった一人でも自分の意見を伝える池田さんみたいだ」

メッシは「杯」が載っている本をサイトウさんに出してもらい、その場で読んだ。ほんの数ページの話だったが、読み終わると清々《すがすが》しい気分になった。

「『自分の杯は人とは違うけどこれで飲む』って、なかなか言えないですよね。我慢して人に合わせたり、背伸びして人の真似をしたりしないで、自分のままで生きていくんだって宣言してるような感じがする。自分なりにできることをすればいいんだよって言われてるみたいだ」

「メッシくんにもそういう思いがあるの？」

「僕、昨日、生徒会長に立候補しないかって担任の先生に言われたんです。そんなの絶対にできないと昨日は思ったけど、でも今回のことで、自分に何かできることがないか、考えてみたいと思った。自分は自分の杯で飲むんだって思ったら、別に自分を自分以上に見せなくてもいいと思える」

「そう」

「生徒会長、立候補してみます。いじめのない学校にしたい。僕が何かを提案するとか、いじめてる人だけが悪いとか、そういうんじゃなくて、誰でも自分の考えを言える学校にしたい」

サイトウさんはうなずきながら、メッシの学生服の右ポケットに入っている文庫本に目をやった。

「あ、これ、図書室でさっき借りたんです。何借りたんだっけ」

「何かわからずに借りたの？」

「ちょっといろいろ事情があって」

出してみると、『宮沢賢治全集　5』と表紙に書いてあった。

「今のメッシくんにとって、いい本を選んだね。たしか、その本には『よだかの星』という話が載っているよ。そこだけでも読んでみるといい」

「はい。それから、明日、池田さんとも話してみます。もしかしたら、池田さんも生徒会を一緒にやってくれるかもしれないから」

サイトウさんからの手紙

メッシくん。

今日は、君の中で何かがはじけて動き出した瞬間を見せてもらったような気がしたよ。生徒会長、どうなるか楽しみです。

学校の外でクラブチームの練習をしているメッシくんにとっては、学校にもう少し深く関わる場が一つ増えることにもなるね。違うクラスや違う学年のいろいろな考えを持った仲間たちと、ああでもないこうでもないと話し合うのは、きっとメッシくんにとって、とても大切な時間になると思うよ。

「よだかの星」はどうだったかな。この手紙は、先に「よだかの星」を読んでから読み進めてほしい。内容が分かってしまうからね。

よだかはみにくい鳥で、いろいろな鳥から嫌がられていた。特に、鷹は、よだか（夜鷹）と名乗ることが気に入らなくて、名前を変えさせようとしたよね。名前を奪うことは、アイデンティティ（存在証明）を奪うことだと僕は思ってる。『千と千尋の神隠し』でも、主役の千尋は、湯婆婆《ゆばあば》に名前を取られてしまったよね。

アイデンティティが傷つけられるような場面はこの社会ではたくさん起こる。学校でも起こっているはずだ。

その原因としてあるのは、決めつけ、偏見だ。多様性（ダイバーシティ）を認められない狭い考え方だ。

この学年はしっかりしている。このクラスはダメ。女子はちゃんとしている。男子はルーズ。偏差値がいくつ以上だからいい。スポーツができる、できない。髪の毛の色、話す言葉、肌の色、国籍……。

本当は一人ひとりみんな違うし、それぞれ違うグループに見える人たちの間にも共通することだってたくさんあるのに、人は、そうして何かのグループに分類して、一括《ひとくく》りに評価をつけたがる。そして、自分とは違うグループに属する人たちを警戒して、敵視してしまうことがあるんだ。

この物語の大きなテーマは「命の役割」だ。よだかは、生きていくために虫を食べる。そしてそのよだかは、名前を変えないと明日には鷹に無意味に殺されてしまう。小さな命に生かされてきた自分の命をどのように使うのか。よだかは最後に、自分で決めるんだ。そして、星になって燃え続ける。

僕たちは、それぞれの違いを生かしながらつながって、この世界を作っている。だけどおかしいと思ったら、自分でそこを抜け出すこともできる。前にも話したように、学ぶことで自分や世界を変えることができるんだ。

池田さんは世界のあちこちの国を回ってきたと言っていたね。きっと彼女は、たくさんの価値観や多様な生き方を実際に体感してきているんだと思う。

日本は安全な国で、長い間戦争や紛争もない。だけど、世界のいろいろな国では今もなお紛争や疫病で飢餓に苦しみ、学校に行くこともできない子どもたちがたくさんいる。

日本で暮らしていると、学校が世界の全てだと錯覚してしまうこともあるかもしれない。だけど世界には本当にたくさんの価値観を持つ多様な人たちが暮らしている。それを知っているだけでも、毎日の生活や友達との関係が違って見えてくるはずだ。

少し昔のものだけど、『トットちゃんとトットちゃんたち』という本をぜひ読んでみてほしい。トットちゃんというのは黒柳徹子さんの小さいころの呼び名だ。テレビでトーク番組の司会をしている玉ねぎ頭の人は知っているよね。

トットちゃんは小さいころからちょっと変わった子どもだった。その生い立ちは『窓ぎわのトットちゃん』という本で読めるから、それも合わせて読むといい。アフリカのタンザニアでは、スワヒリ語で子どものことを「トット」というらしい。この本は、黒柳徹子さんと、彼女が出会った世界中の子どもたちのことを書き記した本なんだ。

黒柳さんは一九八四年から一九九六年までの十三年間、ユニセフ（国連児童基金）の親善大使になって世界を回った。栄養失調、感染症、内戦や戦争に巻き込まれながら死んでいった一億八千万人の子どもたちへの思いが、この本には込められている。そして、黒柳徹子さんは、最後にこんな言葉を載せているんだよ。

私がいろんな子どもに会って
日本の子どもに伝えたかったこと。
それは、もし、この本の中に出てきた
発展途上国の子どもたちを、
「可哀想。」と思うなら、

「助けてあげたい。」と思うなら、
いま、あなたの隣にいる友だちと
「いっしょにやっていこうよ。」と話して。
「みんなで、いっしょに生きていこう。」と、手をつないで。
私の小学校、トットちゃんの学校には
体の不自由な子が何人もいた。
私のいちばんの仲良しは
ポリオ（小児マヒ）の男の子だった。
校長先生は、一度も
そういう子どもたちを
「助けてあげなさい。」とか
「手をかしてあげなさい。」
とか、いわなかった。
いつも、いったことは、

「みんないっしょだよ。いっしょにやるんだよ。」
それだけだった。
だから私たちは、なんでもいっしょにやった。
誰だって友だちがほしい。肩を組んでいっしょに笑いたい。
飢えてる子どもだって、日本の子どもと
友だちになりたい、と思ってるんですから。
これが、みなさんに、私が伝えたかったことです。

今回の事件から、メッシくんは何を感じ、何を考えたんだろう。
これから、どんなふうに学校のみんなと関わっていきたいんだろう。
そのことをもう一度、しっかりと自分の言葉で捉え直して、生徒会長の選挙の
演説で伝えてみるといいんじゃないかな。

6

好きな女の子ができた！

あこがれと恋

六月、第三日曜日。今日もまた雨だ。

ゴッホは、六月から都心の美術予備校基礎科に毎週日曜日だけ通うことにした。月曜から土曜まではバドミントン部と美術部を掛け持ち、日曜は朝十時から午後四時まで予備校の十階にこもる。

絵を描き始めるとそればかりになるので、意識的に予備校の時間を控えめに組んだ。二年生の間は、適度に運動したり、本を読んだり、友だちと情報交換する時間も確保して、視野が狭くならないようにしようと自分で決めた。もちろん、学科の勉強もしっかり取り組むつもりだ。でも、少し先送りにしている。

バドミントンをするとき、飛んでくるシャトルに反射的に体が反応する感じや、スマッシュを決めたときの爽快感も手放しがたい。すべての経験は自分の中でいつか絵につながっていくような予感がしていた。

駅から美術予備校まで十分以上の道のりを歩いてくると、たどり着くころには靴の中までじっとりと濡れてしまった。小さなビニール傘では、ひょろりと伸びた百八十センチの全身をカバーできない。靴の中で指をもぞもぞと動かしても靴下が足に張り付く。

ゴッホは教室に着くなり靴と靴下を脱いで、コンビニの袋を床に二枚敷いた。その上に素足を乗せ、いつものようにデッサンの準備を始める。

高校で同じことをすると女子たちから散々文句を言われるが、美術予備校では、なぜかみんな人の行動にあまり口出しをしない。ゴッホには居心地がいい環境だ。人と違うことをしていると、いいね、とほめられることも多い。

「お、それ、いいね。俺も真似しよう」

十五分遅れで駆け込んできたヨシは、ゴッホの足もとを見るなりそう声をかけてきた。

教室で座る位置は、早い者勝ち。石像は毎回違うものが真ん中に置かれ、自分が描きたい角度の場所を陣取る。残り二つのイーゼルの中からゴッホの隣を選び、雨に濡れた荷物をその横にどさりと置いて、早速靴下を脱ぎ始めた。寝坊したのか、ヨシの髪の毛には寝ぐせがついたままだ。

ヨシは同学年だが、高校も住んでいる場所も全く違う。ゴッホが基礎科に通い始めた初日から、人なつこく話しかけてきた。藝大の日本画を目指して一年生から予備校に通っているらしく、講評では常に上位三枚に入る。

「お前のデッサン好きだな。すぐ時間内に完成できるようになるよ」

そう言って、新入りのゴッホに道具の使い方や予備校の講師の評判などを教えてくれた。日曜日の講習は、昼食を挟む。初日、弁当を持参していなかったゴッホは、ヨシに誘われ、予備校のすぐ隣にある牛丼屋に食べに行った。

ヨシは大友克洋《かつひろ》を勝手に師と仰いでいた。漫画家を目指しているという。それを知り、ゴッホは大友克洋の漫画『ＡＫＩＲＡ』を読んだときの衝撃を夢中で話した。これまで周囲に『ＡＫＩＲＡ』を読んでいる友人はいなかった。

「漫画で食えるようになるまでには時間かかるから、大学はそれまでの時間稼ぎ。私立だと学費が高いからさ。親も、藝大に受かったら学費出してやるっていう。三浪くらいまでは覚悟してる」

漫画の趣味も、音楽や映画の話も、感覚がピタリと合う。高校では得られない友人に、ゴッホもすぐに打ち解けた。気軽に話せるので、もう何年も友だちのような気がする。

「今日もずっと雨かな」

「夕方は晴れるってさ。それより、いい場所見つけたんだ。雨が上がったら連れて行ってやるよ。今日こそ、時間内に完成させろよ」

ヨシは先輩風を吹かせて得意げにそう言って、鉛筆を削り始めた。

＊

「おい、雨上がったぞ。五分だけ抜けようぜ」

講評の前の十分休憩で、ヨシが窓の外を確かめてゴッホに声をかけた。

教室の窓からは、道をはさんで向こう側のビルの窓が見えるだけで、空はほとんど見えないが、景色が少し明るくなったように見えた。

ゴッホはこの日はじめて、時間内に納得できるところまで描くことができた。久しぶりの達成感だった。

「どこ行くんだよ」

「黙ってついてこいよ」

ヨシは早足で教室を出てエレベーターのほうへ向かう。エレベーターに乗るかと思ったが、その前に並ぶ数人をよけて、突き当たりの鉄製のドアを開けた。ゴッホは慌てて後を追った。

「このドア、開けてよかったんだ」

雨で濡れた外階段を一段飛ばしで上がるヨシ。その後を追いかけ階段を上り切ると、屋上に出た。

「どう?」

ヨシは振り返って、両手を広げる。

雨が上がり、所々に残る雲が風に流されていく。空は青く、広かった。正面には高層ビルが見える。

「いいね。最高！」

「屋上が開放されてること、あんまりみんなに知られてないんだよ。ほとんど俺の貸切状態。反対側のほうがもっといい眺めだよ」

ヨシの後についてビルの西側に向かう。

「あれ、今日は先客がいる」

日陰から出たばかりで眩《まぶ》しくてよく見えなかったが、誰かが一人、フェンスにもたれかかり、背中を向けて立っていた。

「お邪魔します」

ヨシがおどけて言うと、その人影は振り向かずに答えた。

「どうぞ」

しっとりした声の小柄な女性だ。髪の毛は肩につくかつかないか。細身のパンツの上に絵具がたくさんついた白衣を羽織っている。素足で履く赤いパンプスに落ちた青い絵具が、水滴のように盛り上がって固まっていた。

落ち着いた声のトーンも、エプロン代わりに使い込んだ白衣も、どう見ても基礎科の同級生とは思えない。高三か、もう少し上か。

ゴッホはその人が一人で静かに過ごしている空間、神聖な空間に、ガキが二人、突然土足で踏み込んだように思えて気が引けた。

「あ、すみません」

「なんだよ、ゴッホ。遠慮するなよ。ここはみんなの場所なんだからいいんだよ。ですよね」

ヨシがその女性に同意を求めた。

「そうね。みんなの場所だし、私も、もう降りるから」

くるりと振り返るとそう言って、こちらに向かって歩いてきた。真っ赤な口紅が目に飛び込んできて、思わず下を向く。すれ違うと、甘い香りが残った。

「めちゃ大人だったな。椎名林檎かよ。あれ、予備校の生徒?」

ヨシはその女性の背中を目で追いながら、ゴッホに確認する。

そのときから、屋上はゴッホにとって特別な場所になった。

*

講評は全く耳に入ってこなかった。気がつくと講評はいつの間にか終わり、ヨシとゴッホ以外、教室には誰もいなくなっていた。

「ゴッホ、今日は最後まで描き上げたな」

ヨシが乾いた靴下を履きながら話しかけてきた。

「先生にもほめられてよかったでちゅねえ」

「あ、うん」

「なんだよ、からかいがいがない

な」

「え、あ、そうだね」

「なんだ？　さっきの人に恋でもしちゃいました？」

「うん。え、いや、違う、違う。何言ってんだよ。ちょっと考えごと」

ゴッホは慌ててとりなした。

「あやしいなあ。俺、この後用事あるから、また来週聞かせろよ」

ヨシはそう言って鼻歌をうたいながら帰って行った。

「なんでもないって」

追いかけるように大声で答えながら、乾いた靴下を履いた。ゴッホは急いで帰り支度をし、教室を出て、エレベーターのボタンを押した。

エレベーターがきて扉が開いたとき、ゴッホは思い立って向きを変え、屋上へ向かった。もう一度、今日のうちにあの場所に行ってみたいと思った。階段を一段上がるたびに心臓の音が大きくなった。

屋上に出ると、そこには誰もいなかった。

ゴッホは少しほっとしたような、がっかりしたような気持ちになった。太陽はさっきよりもずいぶん傾いている。雨で流されて空気がきれいになったのか、遠くに富士山がはっきりと見えた。

「気持ちいいな」

屋上のベンチをタオルで拭いて寝転がると、空しか見えない。青空には飛行機雲が一本。湿度も落ち着いて、風も気持ちいい。

「ヨシ、ここ最高だよ」

そう言って目を閉じた。

「風邪ひくよ」

どこかからそんな声が聞こえたような気がして目を開けると、空は赤く染まっていた。

「あれ、寝ちゃってたかな」

ひとりごとを言ったつもりが、答えが返ってきた。

「そうみたいね」

さっきの小柄な女性が、さっきと同じ場所でフェンスにもたれてこっちを見て笑っている。ゴッホは慌てて起き上がり、姿勢を正して座り直した。

「ゴッホくんだっけ」

「え、なんで」

「さっきの子が呼んでたから。美術予備校でゴッホってあだ名、勇気あるよね」

「あ、すみません」

「ほめてるのよ」

ゴッホは意を決して質問をした。

「あの、何年生ですか。俺は二年です」

「私、一浪なんだ」

「あ、やっぱり」

心の声が出てしまった。

「やっぱりって、ひどいなあ。高二からしたらおばさんだよね」

「いえ、そんなことないです。お姉さんだなあと」

「ふふ」

その後、何を話していいか分からなくなった。

ゴッホはベンチから動けなくなり、刻々と変わる空の色を見ながら、心臓の音がその人に聞こえないように、息を殺した。

さっきの甘い香りがまた漂ってくる。

「映画の『君の名は。』で、黄昏時《たそがれ》の話あったよね。『誰《た》そ彼《かれ》と我《あれ》をな問ひそ　九月《ながつき》の露に濡れつつ君待つ我《あれ》を』。たしか、黄昏時は、輪郭がぼやけて彼が誰だか分からなくなる時間って言ってた。こういう時間を言うんだろうね」

「あ、俺も、映画観ました」

次の言葉を探しても、見つからない。

風が強くなってきた。その人の髪が揺れる。

髪の毛がふわりと持ち上げられたとき、イヤホンをした小さな耳が見えた。

「あの、何、聞いてるんですか」

「米津玄師《よねづけんし》の『アイネクライネ』」

また沈黙が流れる。

この美しい夕焼けの中に自分と二人きりでいることが申し訳ないような気がして、できるだけ、その場の空気を動かさないように立ち上がった。

「もう、帰らないと」

「私、ケイ。またね。ここはみんなの屋上だから」

「ありがとうございます」

ゴッホは階段に向かってできるだけゆっくりと歩いた。

階段を降りるために角を曲がったところで一つ息を吐くと、誰にも会わないように屋上から一階まで、十二階分をダッシュで駆け下りた。

＊

帰りの電車は各駅停車で帰ることにした。外は真っ暗だ。

しばらく、窓に映る自分の顔をじっと見ていたが、米津玄師の「アイネクライネ」を検索してみようとスマホを取り出した。

ゴッホは、日本のアーティストの曲はこれまでちゃんと聞いたことがない。米津玄師の「アイネクライネ」も、友だちが聞いているのは知っていたが、流行りの曲を聞くのはかっこ悪いと思って避けていた。

検索すると、ユーチューブにプロモーションビデオを見つけた。イヤホンをつけて再生してみる。

プロモーションビデオのアニメーションは、ケイさんよりは少し幼い感じの女性が主人公のようだった。髪型がケイさんに似ている。きっと高校生のころはこんな感じだったんじゃないかな。どこか悲しそうだ。

あなたにあたしの思いが全部伝わってほしいのに
誰にも言えない秘密があって嘘をついてしまうのだ
あなたが思えば思うよりいくつもあたしは意気地ないのに
どうして　どうして　どうして

消えない悲しみも綻《ほころ》びもあなたといれば
「それでよかったね」と笑えるのがどんなに嬉しいか
目の前の全てがぼやけては溶けていくような
奇跡であふれて足りないや
あたしの名前を呼んでくれた

ずっと、歌詞なんて記号のようなものだと思っていた。楽器と同じで、その曲を構成する音の一つだと思っていた。

でも今日は、「ことば」が熱を持ってしっかりと胸に入ってくる。ケイさんのことのようにも聞こえるし、ゴッホ自身のことのようにも聞こえる。

しっとりしたあの声と、あの静かな佇《たたず》まいのケイさんに、今まで、どんな時間があったのか知りたい。何を考えているのか、知りたい。

ゴッホにとって、初めての一目惚れだった。

＊

「サイトウさん！」

「やあ、こんばんは」

ゴッホは迷わず「人生堂」に立ち寄った。クールダウンしたかった。

今日のことをサイトウさんに聞いてほしいが、話したくない気持ちもある。話そうにも、何をどう話していいか分からない。

「サイトウさんって、どんな音楽聴くんですか」

「今日は音楽の話？　一番好きなのはクラシックかな」

「ああ。クラシックか」

「そんなにがっかりするなよ。でも、ジャズもロックも、最近はヒップホップも聞くよ。食わず嫌いはしないんだ。流行りの曲も聞く。最近はレンタルしなくても、ユーチューブやサブスクでなんでも聴けるから、便利だよね」

「そうですよね」

「それで、どうしたの」

「僕は、基本はヒップホップで、あとはロック。全部海外の曲」

「ほお」

「だって、なんか日本語で歌ってるのカッコ悪い。日本語より英語のほうが響きがカッコいいし、面白いのいっぱいあるんですよ」

「そうなんだ」

「そう、これまでは、そうだったんですけど。えっと、それで、僕と趣味が同じ友だちがいて、その友だちがあこがれてる先輩が、日本のロック、いや、ポップ？　えっと、とにかく今、流行ってる米津玄師とか聞いていて、それで……」

ゴッホは宙を見つめてため息をついた。サイトウさんはじっと待ってくれたが、次の言葉が出てこない。

「まあ、いいんですけど。音楽の話は」

サイトウさんはその様子を見てピンときた。

「そのさ、ゴッホくんと音楽の趣味が同じ友だちは、誰かに恋してるの？」

「どうかな」

「どうかなってことはまだ分からないのかな」

「いや、そうかな」

ゴッホの額に汗がにじんできた。

「ちょっと暑い？　クーラーつけようか」

「あ、大丈夫です」

サイトウさんは、レジの奥の箱から一冊の文庫本を持ってきた。

「音楽じゃないけど、これ、今日入ったばかりの本なんだ。『たとへば君　四十年の恋歌』。河野《かわの》裕子《ゆうこ》と永田和宏《かずひろ》という歌人夫婦による、短歌の本だ」

「短歌？　一番苦手なやつだ。古文ですよね。小学校のときに百人一首覚えたけど、全部忘れちゃった」

「はじめて触れるときの印象って大事だね。苦手だと思うと、その後ずっと拒絶反応が起こる。学校で習う短歌は主に、古典かもしれないね。でも、近代や現代もいい短歌がたくさんあるよ。短歌は恋の歌が多い。この本を読むと、ゴッホくんも短歌の印象が変わるんじゃないかな」

「いやあ、短歌はさすがに、僕には縁がなさそう。あ、そういえば、映画の『君の名は。』で出てきた短歌、あれが載ってる本、ありますか？　誰そ彼とわれをな問ひそ、なんちゃらかんちゃらってやつ」

「誰そ彼と我《あれ》をな問ひそ　九月の露に濡れつつ君待つ我を　これは、万葉集だね。よく知ってるじゃないか。万葉集も読んでみるといいよ」

「ありがとうございます。その本も昔の本ですか？」

「この本は現代の短歌だよ。大学生のころに出会った二人の男女が、結婚し、共に生きて、女性ががんで亡くなってしまうまでの四十年間に詠んだ歌とその暮らしの記録なんだ」

二人が出会ったころに詠んだ短歌だけでも読んでみてと言われ、ゴッホは一章の扉を開けた。

たとへば君　ガサッと落葉すくふやうに私をさらつて行つてはくれぬか

河野裕子

永田和宏

きみに逢ふ以前のぼくに遭いたくて海へのバスに揺られていたり

ゴッホの中で何かが確実に変わってしまっている。これまでならスルーしていたであろう「ことば」がいちいち胸に引っかかる。もう少し読みたくなって、パラパラとページをめくる。短歌とエッセイが織り交《ま》ぜられた本だった。

水のごとく髪そよがせて　ある夜の海にもっとも近き屋上

さっきまでいた、あの屋上で見た光景に重なる。夢か現実かさえも分からないあのときの感覚が蘇ってくる。

ゴッホはサイトウさんに言った。

「こういう本も、たまには読んでみようかな」

*

次の日曜日までの一週間が待ちきれず、ゴッホは水曜日に部活を休んで美術予備校に向かった。

以前から考えていた夏季講習の申し込みを、「早めにしないとダメだ」と母親に伝え、申込書を書いてもらい、学費を現金で持ってきた。

「日曜日でいいんじゃない。わざわざ今日行くの？」

「早く申し込んでおかないといっぱいになりそうなんだ」

実際にはまだ余裕はあるようだったが、ゴッホはどうしてもあの屋上に行きたかった。

事務所で夏季講習の申し込みを済ませ、エレベーターに乗った。ボタンに屋上を示す「R」はなく、「11」のボタンにも×印がついていた。

「十階で降りて歩くのか」

午後四時二十分。昼間のコースは四時半に終わる。夜間は五時半からだ。その間に行けば、もしかしたら会えるかもしれない。そう思っていた。

今日は天気がいい。梅雨の晴れ間だ。

Tシャツでも汗ばむくらいの、真夏のような日差しだった。

ゴッホはこの間のベンチに座って、「人生堂」で買った『たとへば君』を開いた。「君」とか「恋歌」と表紙や背表紙に書いてあるのが恥ずかしく、他の文庫本から、ヨレヨレになった本屋のブックカバーを外してつけ替えた。

男女が出会い、恋をして、親になり、命を育てていく様子は、ゴッホには未知の世界だった。そこにある「ことば」の感触を自分の感情に置き換えて味わえたのはせいぜい一章の半ばまで。その先はまるで分からなかった。

それでも、「本を読むことで今の自分を再確認する」という不思議な感覚を、初めて味わうことができた。

開いていたページが急に暗くなった。見上げると、前にケイさんが立っていた。

「お邪魔します」

ゴッホは慌てて本を閉じ、バッグに入れた。

なぜか、今日は落ち着いて話すことができそうだった。

「あ、こんにちは。ケイさんって、昼間のコースなんですか」

「夜間のコース。昼はバイトして予備校の費用稼がないとダメだから。この間は振替で、日曜の夜間に出たの。何読んでるの？」

「あ、これは、そんなにたいした本じゃないんです」

「そう」

ケイさんも手に本を持っていた。

「その本は？」

「これ、ここに来る電車の中で読み終わったところ。シャネルって知ってる？」

「ブランドのシャネルですか」

「そう。そのブランドを立ち上げた女性がココ・シャネルなの。その人の伝記」

「ブランドってあんまり分からないけど……」

「ココ・シャネルはすごくパワフルな女性なの。幼いころに苦労したことも仕事へのエネルギーに変えてる。誰に何を言われても、自分の意思を貫く。それまでの既成概念をたくさん打ち破った人だった。動きやすい生地で斬新なデザインの服を作って、女性たちの自立を後押ししたの」

ゴッホはこれまで、女子と話してもあまり面白いと思ったことはなかったが、ケイさんの話は興味深く、もっと聞いていたかった。

「今はシャネルといえばハイブランドだけど、当時は羽飾りのついた豪華なドレスが主流だった。そのころにこんなことも言ってる」

美しい生地はそれじたいで美しいが、ドレスに金をかけると、かけただけ貧しくなる。装飾を剝ぎ取って簡素にすることをみじめなことだと勘ちがいしているのだ(それにしても他人に剝ぎ取られるぐらいなら、自分で剝ぎ取った方がましね)。

「かっこいいよね。私、デザイン科目指してるからデザインの考え方にもとても参考になる。女性の生き方としても」

「いろんな先入観がひっくり返りそうですね。僕も最近、本を読んでると自分が変わっていくなって実感してます」

「シャネルも同じようなこと書いてたな。小さいころから、屋根裏部屋でかたっぱしから本を読んでいたんだって。大人になってからも、『一冊の本はすなわち一つの宝だった。どんなにつまらない本でも必ず何か言いたいことがあり、何かしらの真実がある』って」

「その本、読んでみたいな」

「貸してあげる。読んだら、感想聞かせてね」

ゴッホはその本を両手で握りしめて帰った。手の汗がついてしまいそうで、何度もズボンで汗を拭いては、また握りしめた。

イヤホンからは米津玄師の「アイネクライネ」、「馬と鹿」、そして「打上花火」。切ない気持ちに飲み込まれそうで、立っているのがやっとだ。自分が考えていることや、自分が知っていることなんてほんのわずかで、ちっぽけだった。自分の感情でさえ知らないことだらけだ。

ゴッホは、ようやく世界の入り口に立ったような気がしていた。

そして、その日は「人生堂」に寄らず、川の土手で本を読むことにした。

サイトウさんからの手紙

ゴッホくん。

この間は珍しく音楽の話をしたね。僕は大学に入るまでずっと、クラシックばかり聴いていた。父親が棚いっぱいにクラシックのCDを集めていて、物心ついたときから聴かされていたんだ。端から順に聴いていたから、かなり詳しかったし、歌謡曲ばかり聴いている同級生は子どもっぽいと思っていた。

大学に入ったころ片想いだった女性は、ジャズボーカルが好きだった。「あなたは、ジャズは聴かないわよね。特にボーカルものは」って、突然言われたことがある。思い返すと、僕は彼女の前でクラシックの話ばかりしていて、「クラシックを聴かないやつは馬鹿だ」なんて偉そうに言ってたから、少し嫌味を言われたんだと思う。

僕は、彼女が僕との間に大きな壁を作ったような気がして、とても傷ついた。それでもまだ僕は、知ったかぶりをするために、こっそりジャズのＣＤをレンタルしてたくさん聴いた。

でもその後、彼女と話すことさえできなくなってしまった。

「ゴッホくんの友だち」の話を聞いていたら、あのときの気持ちが蘇ってきたよ。ゴッホくんと同じように、僕も音楽を聴くとき、ずっと歌詞が邪魔だった。でも、あれから僕はどんなジャンルだって、試しに聴いてみるようになったんだ。

自分が関心があるものだけじゃなくて、誰かから勧められたら、一度は必ず聴くようにしている。歌謡曲だって、演歌だって、アイドルの曲だって、聴いているうちに好きな部分が見つかることがある。好きか嫌いかは、その後で決めればいいし、自分に響くかどうかは聴くときの自分によっても変わる。それは本と同じだって分かったんだよ。

そうやっていくと、いいと思うものや好きなものがどんどん増えていく。好きなものが増えていくと、その分、自分自身も豊かになっていく。

この間、中学生が店にやってきて、「米津玄師の本ってありますか」って言うから、「お坊さん?」って聞き返したらずいぶん笑われたよ。

その子が帰ってからネットで調べて、僕も笑った。

そして今日も、君の口から米津玄師って名前が出てきたから、これは聴かなくちゃと思ってね。何曲か聴いてみた。

「アイネクライネ」という曲が、僕はとても好きだ。

人間は、恋をすると無防備になる。相手が自分のことを好きかどうか分からない状態で、その人のことを好きになるって、自分を危険にさらす行為だと思うんだ。先に好きという感情を抱いてしまったほうが、傷つきやすい状況に置かれてしまう。

相手がもし自分のことを好きじゃないって言ったら、関心がないって言ったら、自分を強く否定されたように、まるで自分は意味のない存在のように感じてしまうからね。

自分の中にあるそういう傷つきやすさに目を向けることは、きっと君にとってとても意味があるはずだ。あ、君じゃなくて、友だちの話だったね。

ところで、『たとへば君　四十年の恋歌』はどうだったかな。小説や伝記、ドキュメンタリーはとても面白いし、僕にとってはいちばんの楽しみでもある。だけど、短歌のおもしろさにもぜひ触れてほしいと思って紹介したんだ。

短歌は三十一文字《みそひともじ》に厳選した言葉を並べて、今の自分の感情や感覚をパズルのように緻密に注ぎ込んでいくものだ。

それは、ポップスやロック、歌謡曲でも同じだよね。限られた文字数やリズムにぴったりくるように、どのことばを入れるか。どのことばを落とすか。そのことばの選び方にはその作者の意思や感情が表れる。

そして、さらにもう一つ。

ことばや文章は、目で読むだけでなく、声に出して読むことで、新しい発見があるはずだ。短歌を声に出して読み、歌を歌う。そのときにゴッホくんの中で起こることに耳をすますんだ。小説も、一度声に出して読んでみてほしい。

ゴッホくんは、もうすでに、自分の周りにあるきっかけをうまくつかみ、好奇心を発動させ、新しいことにどんどんチャレンジを始めているように見える。そのコツをつかんだんじゃないかな。きっと、手応えも感じていると思う。

「人生堂」は古本を売るだけじゃなくて、お客さんにも面白いことを教えてもらう場所にしたい。ゴッホくんのおすすめの本や音楽を、僕にも教えてほしい。

それから、恋の行方も知りたいな。ゴッホくんの友だちのね。

7

地球で暮らすということ

環境と人間

朝六時。メッシはいつもの時間に起きて、いつものストレッチをした。体が目覚めると、家の近所の小さな川の脇を軽く息が上がる程度に三キロ走る。

走り始めたのは春のはじめ。そのころはまだ肌寒いほどだったが、新緑の季節になると早朝はさわやかで、風を切って走ると気持ちが良かった。目も覚めて、力も湧いてきた。梅雨に入っても霧雨程度なら休まずに走り続けた。だけど……。

「暑い。暑すぎる」

七月も半ばになったこの三日間ほど、早朝の気持ち良さを感じられない。早朝から湿度は高く、空気はじっとりとしている。走り終わってストレッチをするとさらに汗が背中を流れ落ちているのがわかる。

「ただいま」

メッシが汗だくで家に戻ると、母親が先に朝食を食べていた。

「あれ、母さん。今日は早起きだね」

「朝から汗だくねえ。シャワー浴びてきてよ」

いつもはギリギリまで寝ているゴッホも起きてきた。ひどい寝癖だ。

「暑くて寝てらんないよ。セミはうるさいし。このクソ暑いのによく走れるな」

「クソって言わないの」

このところの暑さは異常だ。スコールのような突然の集中豪雨も多い。

「なんかさあ、地球おかしくなってない？」

生徒会選挙でメッシは生徒会長に当選した。体操服を隠された池田さんは副会長になった。会計や書記も、自ら立候補した個性的なメンバーが揃った。

池田さんへの嫌がらせが悪化するかもしれないと心配していたが、選挙演説で自身の海外の学校での実例を出し、「意見を表明することがなぜ大切か」について語った池田さんに共感する生徒が多かった。それ以来、松山さんたちはあまり池田さんにかまわなくなった。

当選したメンバーでの顔合わせを兼ねて、昨日、第一回の生徒会を開催した。新生徒会のスローガンは「いじめゼロ」。いじめている人を糾弾するだけでなく、みんなが自分ごととして考えるにはどうすればいいかを話し合った。池田さんは、「いじめる人も何か抱えている問題があるのではないか」と発言した。

生徒会は、先輩後輩も関係なく、それぞれが思うことを自由に発言し、意見を交換できる場になっていた。いい雰囲気だ。池田さんの影響が大きい。

メッシは、その会議の終わりに、あるメンバーが言い残した一言が気になっていた。昨日のあの言葉と、このところの暑さが重なる。

シャワーを浴びながら、思いを巡らせていた。

「あいつの言ってたこと、本気で考えないとヤバイかも」

今回、書記になった一年生のショウタは生物部だ。メッシが小学校のときに所属していた地元のサッカーチームの後輩で、小学校低学年からいつもメッシについて回っていた。思い返せば、サッカーの練習に来ても、校庭の隅の草むらでカナヘビを捕まえてみんなに自慢していた。

ショウタは昔からあまり競争が好きではない。サッカーも嫌いではなさそうだったが、練習は一度も休まないのに試合にはほとんど出してもらえなかった。練習のときも、自分でシュートせずに友だちにパスをして、その友だちが決めると一緒に喜ぶ気のいいヤツだ。中学に入り、虫や爬虫類《はちゅうるい》のことを調べたいから生物部に入部したと話していた。

選挙では、そんなショウタの印象が一変した。昨秋の台風で近くの大きな川の支流が合流地点で逆流を起こし、自宅が床上浸水したことや避難所での様子を、みんなの前で堂々と語った。

「僕らはもっと、環境のことを学んで、考えなければならない。そして、自然災害で被災したとき、中学生は、もっと地域の人の力になれるはずです」と訴えたのだ。中学の生徒会で環境問題や地域の防災について力説したのはショウタが初めてだと先生たちも驚いていた。

昨日の会議が終わるころ、最後に一言ずつ自分の目標を話してほしいと声をかけると、ショウタはこう言った。

「これからも大きな台風がまたきっと来ると思う。中学生の僕たちだって必ず何かできるはずです。そういうことも生徒会で考えてみたいと思っています」

＊

蟬の声に包まれ、朝礼が始まった。今日は新しい生徒会が挨拶をすることになっていた。生徒会に選ばれた生徒たちは前に出て、朝礼台の横にずらりと並ぶ。メッシは名前を呼ばれ、朝礼台に上がってマイクの高さを合わせた。全校生徒の目が自分を見ている。夏服のワイシャツがまぶしい。初めて見る光景だった。

「このたび、生徒会長になりました。よろしくお願いします」

暗記したスピーチをひと通り話した。「いじめゼロ」をスローガンにすることについて原稿を用意して、昨夜、繰り返し練習しておいた。思ったよりもうまく話せた。

そして、前を向いたまま、メッシはしばらく固まったように立っていた。予定では挨拶はここで終わりだった。

校庭をぐるりと囲む桜の木から、蟬の声だけが響いている。

生徒たちは、「終わったのかな?」「まだ話すの?」とこそこそと話し始めた。

メッシは一息吸うと、さっきよりも大きな声で続けた。

「それから」

これも、どうしてもここで言っておきたいと思った。

「今年は、みんなも知っている通り、選挙で環境問題や防災について演説をした頼もしい一年生がいます。彼の意見を聞きながら、そうしたことについても考えていきたいと思います。どうぞよろしくお願いします」

ショウタと池田さんがメッシを見上げてニヤリと笑ったのがわかった。

生徒たちの後ろに立ち、腕を組んで見守っていたシュウゾウも、大きくうなずいていた。

*

放課後。今日はサッカーの練習がある日だ。急ぎ足で昇降口を抜けて校門に向かうと、校門の側にある花壇の中に座り込んでいるショウタを見つけた。

「おーい。ショウタ、何か探してんの？」

大声で手を振りながら近寄っていくと、ショウタはゆっくりと振り向いて、人差し指を唇に当て、また花壇の土の辺りに視線を戻した。

「なんだよ、教えろよ」

そう言って近寄り、背中を押すと、ショウタは顔から前に転んでしまった。

「イテテ」

「あ、悪い。そんなつもりじゃなかったんだけど」

「大丈夫。でも、トカゲ逃げちゃった」

「ごめん。でもショウタ、相変わらずだな」

「動きが速くてなかなか捕まえられないんだ。しっぽが青かったから、多分ヒガシニホントカゲの幼体だったと思うんだけど。学校の花壇で見つけられるとは思わなかったから、しっぽがチラッと見えてつい追いかけちゃって」

ショウタは立ち上がって制服のズボンについた土を払った。

ショウタは小学校のサッカーチームのころから、なんとなく気になる存在だった。マイペースで同級生からもからかわれやすく、からかわれても、いつもニコニコしていた。

「土、顔にもついてるぞ」

「朝礼で、メッシが言ってくれてうれしかった。環境と防災の話」

ショウタは顔についた土を両手でそっと払って、花壇の脇に置いておいたカバンを持ち上げ、メッシにあのころと変わらないニコニコした顔で言った。にじんだ汗と土が混じって、おでこと鼻の脇に茶色い筋が残った。

メッシは、ふざけて背中を押してショウタを転ばせ、トカゲも逃してしまったことを申し訳なく思った。

「もう帰るだろ。途中まで一緒に帰る？　なんかさ、俺、実はあんまり環境のこととかわからないんだけど、今朝走ってて、暑すぎてヤバイと思ったんだよ。日本の夏って、こんなに暑かったっけ？」

「うちが去年浸水してから気になって、いろいろ調べたんだ。そしたら、東京の一年の平均気温はこの百年で二・四度上がってるんだって。二十一世紀の終わりには最高気温30度以上の真夏日が年間四十日増えて、全部で七十日くらいになるらしいよ。七十日って二か月以上だよ。そうしたら昆虫や爬虫類も随分環境が変わっちゃう。住みづらくなるんじゃないかって心配で」

「先に人間の心配だろ。ま、そこがお前のいいとこだけど」

ショウタと一緒に「人生堂」の前を通りかかると、サイトウさんが店の大きなガラスの向こうで手を振っているのがうっすら見えた。メッシは足を止め、手を振り返した。

「ここ古本屋なの知ってた？　あれはサイトウさん。面白い人」

「前から気になってたんだけど、一人じゃ入りづらくて」

「ちょっと寄ってく？　今日はサッカーだからあんまり時間ないけど」

＊

「こんにちは。友だち連れてきました」

「ショウタです。へえ。店の中、こんなに本があったんだ」

「ああー。ショウタくん、ようこそ『人生堂』へ」

「ああー。涼しくて気持ちいい。クーラー効いてますね。ショウタ、ここ、立ち読み大歓迎なんだよ」

メッシがそう言うと、サイトウさんが笑った。

「おいおい、一番にそれを言わないでよ。たまにお小遣いがあるときは買ってください。でも、普段は立ち読みだけでも大歓迎です。まあ、ごゆっくり」

サイトウさんはそう言って、いつものように飲み物の準備をしてくれた。

「暑いから、冷えた麦茶がいいよね」

「やった。いただきます」

ショウタはキョロキョロと首を振りながら、棚をくまなく見て回った。

「面白い本ありそう？　ここ、古本屋なのに、たまに貸してくれることもあるんだよ」

「すごい。学校の図書館にない本もある。漫画もあるんですね」

「ショウタ、本好きだもんな」

ショウタは目の前の本棚に青い箱が入っているのを見つけた。

「この箱、本なんですか？『風の谷のナウシカ』って書いてある」

「ジブリの映画？　なにこれ、でっかいな。原作の本があるの？」

サイトウさんは麦茶を二人に渡すと、その箱を取り出して中身を見せてくれた。

「あのスタジオジブリのアニメ映画の原作。作者は、監督の宮崎駿《はやお》。漫画だよ。昔、アニメ雑誌に連載していたんだ」

「へえ。映画はテレビで何回も見たことあるけど、漫画があったなんて知らなかった」

箱の中には一巻から七巻までがきっちりと収まっていた。

「こんなに長いの？　じゃあ映画はこの一部分だけってことか」

ショウタは座り込み、すぐに熱心に読み始めた。

「サッカーの練習あるから、先に帰るよ。ショウタゆっくりしていきなよ」

メッシがそう言うと、ショウタがうなずく。もうすっかり漫画の世界に入り込んでいた。サイトウさんがメッシを見てこう言った。

「ゆっくりしていきなよは僕のセリフだよ。メッシくんは、すっかりこの店の人みたいになっちゃったね」

*

翌朝は、夜中からの大雨が降り続いていた。さすがにランニングも中止した。昇降口でずぶ濡れの傘の水を切り、丸めていると、ショウタがメッシを見つけ、興奮気味に駆け寄ってきた。そして、矢継ぎ早に話し始める。

「あのさ、これ、すごいんだよ。『人生堂』で読みきれなくて、借りて帰って夜中までずっと読んでたんだ。テレビでなんとなく見てた印象と全然違った。なんかもっと、自然とか世界が複雑につながってるんだ。漫画には、人間と自然がどうやって共存するかとか、争いが何を生み出すかとか、いいとか悪いとか簡単に分けられないものが自分の中にあるとか、そういうことが描いてあった。これ、サイトウさんが、メッシにも貸していいって言ったから、メッシも読んでみて。一回読んだだけじゃ難しすぎて分からないところがたくさんあったから、メッシが読んでどう思ったか聞いてみたい」

メッシはその勢いにたじろいだ。ショウタはまだ声変わりもしておらず、背も低くて、一見すると小学生っぽさが抜けない。目を輝かせて話す姿は子犬のようだ。だけど、圧倒的にショウタのほうがいろいろな知識を持っているような気がする。

雨に濡れないようにビニール袋で何重にも包み、大事そうに抱えていた『風の谷のナウシカ』をショウタから受け取った。

「読んでみるけど、いろいろ忙しいから時間くれよ」

そう答えるのが精一杯だった。

数学の時間、メッシは窓の外の土砂降りの雨を見ながら環境問題について考えようと思ったが、考えるも何も、考えるための素材になる事実をほとんど何も知らなかった。

何も知らないと、考えることもできないということに気付いて、呆然とした。

「俺って、いままでぼんやり生きてきたんだなあ」

そう口にすると、リョウがキメ顔で振り向き、こう言った。

「ぼんやり生きるのだって、大変なんだぜ。俺たち、生きてるだけですごいんだよ」

メッシは胸の奥がむず痒く感じた。

「たしかにそりゃそうだけど。でも俺、もっと知りたいよ」

＊

放課後、メッシは雨上がりの道を、傘をブラブラと揺らし、先端を蹴り上げながら歩いていた。歩道の脇の植え込みがキラキラと光を反射させている。

ビニール袋でグルグル巻きにされた『風の谷のナウシカ』が持ちづらい。「人生堂」で手提げの紙袋に入れてもらおうと、立ち寄ることにした。

「こんにちは」

ドアが開いていたので、傘を傘立てに入れず、店の壁に立てかけて中に入った。紙袋をもらったらすぐに帰るつもりだった。

「ああ、メッシくん。昨日、ショウタくん、ここで一生懸命読んでたよ」

メッシは手に持ったビニールの塊を見せて、

「これでしょ。ショウタ、一晩で読んで大興奮だよ。メッシも読めって朝イチに渡された」

「あはは。ショウタくん、面白い子だね。あのままほっといたら多分夜中までいたと思うよ。家の人が心配するだろうから貸してあげたんだ」

「サイトウさん。これ、俺も借りていい？　あと、持ちづらいから紙袋もらえないかなと思って」

サイトウさんは「もちろん」と言って、すぐにお店の紙袋に入れてくれた。

「それから、俺、環境問題のことあんまり分からなくて、何か参考になりそうな本があったら教えてほしくて。環境問題って学校で習った気もするんだけど、自分でちゃんと考えたことがないから」

「ショウタくんがきっかけ?」

「うん。ショウタ、去年の台風で自分ちが浸水したんだ。避難所でいろんな体験したみたい。それで、防災のこととか、中学生も地域で大人の役に立たなきゃダメだとか、いろいろ考えてる。虫とか生き物も好きだから、環境問題にも詳しいし。後輩だけど、ちょっと尊敬してるんだ。去年の浸水の後、俺もボランティアとか行けばよかった。俺、サッカーできるかなって、自分のことしか考えてなかったんだよ」

話を聞いてうなずきながら、サイトウさんは本棚を物色《ぶっしょく》している。

「今日、『風の谷のナウシカ』渡されて、感想聞きたいって言われた。なんか知らないけどあいつ、俺のこと勝手に一目置いてるんだよ。それに応えられるか心配になっちゃった。だから、環境問題について知りたいと思って」

「まあ、ちょっと後輩にいいカッコしたいってところかな」

「手っ取り早くいえばそうだけど。でも、それだけじゃないんだよ。本当にいろいろ知りたいんだ。俺だって、毎日こんなに暑いのは嫌だしさ」

「別に、いいカッコしたいと思ったっていいんだよ。僕なんて、学生のときはモテたいと思って本読んでたからね」

「で、モテたの？」

「残念ながら、お察しの通りだよ」

＊

「環境問題といえば、やっぱり一番有名なのはこれかな」

サイトウさんは、『沈黙の春』という文庫本を差し出した。文庫本だけど写真の表紙。岩の狭間で黄色い小さな花が咲いている。

「著者はレイチェル・カーソン。アメリカの海洋生物学者で、環境問題について警鐘を鳴らした有名な女性だ。出版したのは一九六二年だから、僕も生まれる前の本だね。今では使用禁止になっている化学薬品や合成殺虫剤、農薬などが、自然の生態系や地球にどんな影響を及ぼすかということについて書かれている。一度は読んでおいたほうがいいよ。『風の谷のナウシカ』の原作と一緒に読むのもいい考えだね」

サイトウさんは「一 明日のための寓話《ぐうわ》」の一部分を声に出して読んでくれた。本の冒頭、寓話のようなスタイルで、世界に起こっていることを誰にもわかりやすく語った部分の最後だ。

病める世界——新しい生命の誕生をつげる声ももはやきかれない。でも、魔法にかけられたのでも、敵におそわれたわけでもない。すべては、人間がみずからまねいた禍いだった。

本当にこのとおりの町があるわけではない。だが、多かれ少なかれこれに似たことは、合衆国でも、ほかの国でも起っている。ただ、私がいま書いたような禍いすべてのそろった町が、現実にはないだけのことだ。裏がえせば、このような不幸を少しも知らない町や村は、現実にはほとんどないといえる。おそろしい妖怪が、頭上を通りすぎていったのに、気づいた人は、ほとんどだれもいない。そんなのは空想の物語さ、とみんな言うかもしれない。だが、これらの禍いがいつ現実となって、私たちにおそいかかるか——思い知らされる日がくるだろう。

「この部分を読むと、『風の谷のナウシカ』の世界との重なりを感じるよね。レイチェル・カーソンは、人間の活動は環境に害を及ぼすようになってしまった、生命と環境のバランスが崩れてしまったと警告している。『おそろしい妖怪が、頭上を通りすぎていったのに、気づいた人は、ほとんどだれもいない』って一文にその思いが込められている。

人間と自然との戦い、人間と人間との戦い、それらが地球に及ぼす影響について詳細に書いてある。僕たちが生きている地球はこの本に書かれたような時代を経て今に至っている。いまだに解決していないこともあるし、今でも十分に読み応えのある本だ」

「環境問題って、公害も含まれるよね。日本でもあるんだよね」

「日本でも、実際にたくさんの公害問題が起こっている。水俣《みなまた》病は知ってるかな。化学工場からの工場排水として水銀が川に流されてしまって、魚介類を汚染した。それを食べた人たちに蓄積して中毒性の神経疾患が現れた。この問題について、水俣で育った著者が綴った本があるんだ。棚には並べてなかったかな」

そう言うと、サイトウさんは店の奥に行って何やらゴソゴソと探している。そして、『苦海浄土《くがいじょうど》　わが水俣病』という本を出してきてくれた。

「作者は石牟礼《いしむれ》道子。これはドキュメンタリーや聞き書きとは少し違って、著者が文学作品として書いたものだ。だけどそこには圧倒的なリアリティがある。おそらく実際には語られないであろうことも、この本の中には現実のこととして書き留められている」

そしてもう一冊、『センス・オブ・ワンダー』という本も見せてくれた。
「さっき話したレイチェル・カーソンはこっちのほうが読みやすいかもしれないね。彼女の姪の息子、ロジャーとの自然の中での体験を書いたエッセイ。著者が亡くなってから出版された最後の作品なんだ」

子どもといっしょに自然を探検するということは、まわりにあるすべてのものに対するあなた自身の感受性にみがきをかけるということです。それは、しばらくつかっていなかった感覚の回路をひらくこと、つまり、あなたの目、耳、鼻、指先のつかいかたをもう一度学び直すことなのです。

「きっと、ショウタくんは、センス・オブ・ワンダー（神秘さや不思議さに目をみはる感性）の持ち主なんじゃないかな。メッシくんの中にもその感性はきっとあるはずだよ」
メッシはサイトウさんが並べてくれた三冊の本を手に取り、目を通した。まずは、『センス・オブ・ワンダー』を買うことにした。

「お金は後でいいよ。『風の谷のナウシカ』の返却時に」

「ありがとう。ショウタに感想伝える前に、サイトウさん、聞いてくれる？」

「あはは。もちろん。一番に聞かせてよ」

サイトウさんからの手紙

メッシくん。

僕たち人間は、日々いろいろなことに追い立てられたり、未来のためだけに目の前の時間を費やしたりして忙しく過ごしている。そうすると、本当に大切なことを見落としてしまうことが多い。メッシくんと話しているとき、僕はそんなことを考えていました。

ショウタくんを紹介してくれたことにも感謝しているよ。僕にとっても、新しい大切な友人になりました。そして、自分を慕っている後輩にきっかけをもらい、新しいことを学びはじめようとしているメッシくんの姿を見て、「年齢に関係なく、僕たちは誰からでも学べる。いつから学んでも遅すぎることはない」ということにも改めて気づかされました。

僕もまだまだ学びたいことがたくさんあります。古本屋は、年齢を超えていろいろな人たちと出会える素晴らしい仕事だと思えます。

僕自身、メッシくんにはいつもハッとさせられています。君が毎朝走っているときに体感していること、後輩のショウタくんの視点を素直に自分の視点に取り入れたこと、そして、新しいことを知りたい、学びたいという意欲。そういうことがすべて絡み合って、本を読むことにつながっている。それこそが、本来の読書なのかもしれないと思ったんだ。

環境問題は、僕たちが目の前のことや自分のことだけにフォーカスしている小さな視点を、広く大きく広げてくれるテーマだ。そしてそれは、毎日の生活と切り離された遠いところにあるものではなく、複雑にからみ合っている。

ショウタくんの大好きな虫や生き物、メッシくんの大好きなサッカーができる環境、家族が元気に生きていくこと、この世界はすべてつながっている。君が、『センス・オブ・ワンダー』を最初の一冊として選んだのはうれしかったよ。身近な生活の中から世界を捉える感性をどんどん開いてほしい。

レイチェル・カーソンは学者として世界を捉え、石牟礼道子は「私小説」として自分の周りで起きたことを捉えて文章にした。そして、彼女たちのことを知る周りの人たちや、本を作る人たちがそれを多くの人に伝えようと動いたおかげで本ができた。そうして、僕たちは生まれる前の世界の人たちの体験や、考えたことを手に取るように知ることができるんだ。

僕は、自然のしくみの中で起こっていることも、人の心の中で起こっていることもどちらが正しいとかどちらが不確かだとか思わない。人の心の動きは世界を変えることができるし、世界が変わると人の心は動くと思っている。

僕が『苦海浄土』を紹介した理由の一つに、水俣という土地は、自然とともに生きてきた漁師が多い土地だということがある。水俣の人たちは、自然の恵みととても密接だった。水俣の方言で語られる物語から、その日常が伝わってくる。自然に敬意を払わず、経済や発展だけに目を向けてしまった結果、その被害を最初に被《こうむ》るのは弱者だし、それは弱者だけの問題ではなく、やがてすべての人に影響を及ぼすということも知ってほしかった。

この間、話し忘れていたけど、中村哲《てつ》という医師を知っているだろうか。アフガニスタンで難民のための医療を三十年以上行ったんだ。彼は、医療にとどまらず、その土地の衛生面や生活面を支援するために、千六百本の井戸を掘り、用水路まで作った。

残念ながら、二〇一九年に何者かに銃撃されて殺されてしまった。

その人の『天、共に在り　アフガニスタン三十年の闘い』という著書がある。彼はもともと国際医療協力に興味があったわけではなく、子どものころに昆虫が大好きで、アフガニスタンにあるパミール高原にパルナシウスという蝶がいることや、山が好きで山岳会の遠征に行ったことが縁をつないだと書いてある。

ショウタくんに重なって、どうしても紹介しておかなくちゃと思ったんだ。偉業を成し遂げた人も、自身の好きなことや興味が世界に目を向けるきっかけになっていることがわかるよね。

この本には、彼の生い立ちや影響を受けたものについても詳しく書かれているし、人生の大半を費やし、日本とアフガニスタンを行き来しながら行ってきた活動のドキュメントが丁寧に記されている。

タイトルにもなっている「天、共に在り」という言葉について、彼はこのように本の最後に書いている。

本書を貫くこの縦糸は、我々を根底から支える不動の事実である。やがて、自然から遊離するバベルの塔は倒れる。人も自然の一部である。それは人間内部にもあって生命の営みを律する厳然たる摂理であり、恵みである。科学や経済、医学や農業、あらゆる人の営みが、自然と人、人と人の和解を探る以外、我々が生き延びる道はないであろう。それがまっとうな文明だと信じている。その声は今小さくとも、やがて現在が裁かれ、大きな潮流とならざるを得ないだろう。

これが、三十年間の現地活動を通して得た平凡な結論とメッセージである。

僕たちの生きている世界ではバランスが重要だ。虫の目、鳥の目、魚の目で見ることが大事とよく言われるように、小さな視点と大きな視点。一部と全体。そして、時間の流れも含めて捉えることが大事なんだ。

そして、その上で正しい判断を下すには、学びが必要になる。レイチェル・カーソンも『沈黙の春』で、こう書いている。

私たち自身のことだという意識に目覚めて、みんなが主導権をにぎらなければならない。いまのままでいいのか、このまま先へ進んでいっていいのか。だが、正確な判断を下すには、事実を十分知らなければならない。

僕たちは、知らなかったことを知り、学ぶことで、考えることができるようになる。そして、判断し、表現し、行動に移すことができるようになる。紹介した著者たちのようにね。

メッシくんやショウタくんがこれから何を学び、何を思い、どんな行動に移すかを心から楽しみにしているよ。

8

ひいおばあちゃんの死

生きること、死ぬこと

八月に入ったばかりの早朝。夏休みもいつものように早起きのメッシがリビングでストレッチをしていると、突然、家の電話が鳴った。

この時間の電話はきっと、緊急の連絡だ。

「家の電話にかかってくるのは勧誘ばかりだから出なくていい」と、いつも言っている母親が、部屋から飛び出してきて電話をとった。

子機を手に、ボサボサ頭で答えている。電話の音で目が覚めたのだろう。

「おおばあちゃんが？　じゃあ、今日行くね」

短いやり取りで電話を切ると、息をひとつ吐いて、メッシに言った。

「おおばあちゃん、もう長くないから会いにおいでって」

おおばあちゃんは母親にとっては父方の祖母で、メッシやゴッホから見ると曾祖母にあたる。ひいおばあちゃんだ。

母親はすでに半世紀近く生きたそれなりの大人だが、何かあるたびに「私はおばあちゃん子だから」という。メッシやゴッホが幼いころから、「おおばあちゃんがこう言ってた」とか、「おおばあちゃんならこう言うね」とか、「おおばあちゃん語録」を息子たちに披露していた。

メッシやゴッホが会うのは年に一、二度だが身近な存在だ。

「おおばあちゃん、お正月に行ったときは元気そうだったよね」

「うん。でも、肺がんだからね。もうかなり歳だし、進行も遅いから手術もしないって言ってたけど、七月に入って肺に水が溜まりはじめちゃったんだって。チエちゃんが電話くれたの」

チエちゃんはおおばあちゃんの娘で、母親にとっては叔母にあたる。おおばあちゃんの体調が悪化した三か月ほど前から泊まり込んでいるらしい。

「今日、おおばあちゃんち行くの？」

「うん、行く。二人は、サッカーとか美術予備校とかあるから、今自分にとって大事なことやればいいよ」

「俺行くよ。おおばあちゃんに会いたい」

「じゃあ、準備して、昼ごろ出ようか。午前中に仕事の段取りつけるから」

後から起きてきたゴッホも、一緒に行くことを決めた。

三人で出かけるのは久しぶりだった。最近は、メッシはサッカー、ゴッホは予備校や部活で忙しく、それぞれ個別に行動していた。母と息子二人で旅行に行くこともない。正月におおばあちゃんちに親せきが集まったときも、各自が予定を済ませて現地集合だった。
二、三泊できるように荷造りをして、デパートで手土産を買い、特急列車の切符をとった。小走りで階段を上がる。
「二人とも、お弁当、好きなの選んで。早くね。飲み物も」

ホームで弁当を買って電車に飛び乗ると、すぐに背後で扉が閉まった。

＊

おおじいちゃんはどこかの会社の偉い人だったけど、定年退職しておおばあちゃんと二人で田舎暮らしを始めたと聞いたことがある。現役時代に登山に出かけた八ヶ岳が気に入って、「南アルプスを見ながら土に触れて暮らしたい」と移住したらしい。

母親は、東京で生まれ育った。小学校の途中までおおじいちゃんやおおばあちゃんと一緒に三世代で住んでおり、二人が移住してからは一人で特急に乗って毎週のように遊びに行った。「山のおうち」

で過ごす時間が大好きだったとよく話していた。

車内に乗り込み、指定した席に着くと、椅子を回転させ向かい合わせにする間もなく、母親は荷物を棚に載せ、一人で黙って座ってしまった。いつもはあまり動じない母親だが、なんだかしゅんとして元気がない。

メッシとゴッホは顔を見合わせ、その後ろの席に並んで座った。メッシが小声で質問する。

「おおばあちゃんっていくつだっけ？」

「たしか、九十五歳かな。おおじいちゃんの二つ下」

「ふうん」

その後は会話もなく、二人で黙って牛肉弁当を食べた。

今年九十七歳になるおおじいちゃんは、九十を過ぎたころから同じことを何度も話すようになった。おおばあちゃんは記憶力も衰えず、根っから明るい性格で、おおじいちゃんの繰り返しの質問にも嫌な顔一つせずこう返していた。

「まあ、忘れるのはいいことよ。全部覚えていたら大変、大変」

そういうと、おおじいちゃんも「おえりゃあせんのお」と言って、二人でワハハと大きな声で笑う。岡山弁で「こりゃダメだなあ」くらいの意味だ。

おおじいちゃんもおおばあちゃんも岡山の出身で、戦後、大阪に出て会社員となり、転勤で東京へ来たようだった。高度経済成長期、猛烈に働いて日本を立て直した世代だ。

足腰も強く、家の前の小さな畑を耕して、二人でのんびり暮らしていた。十年ほど前からチエちゃんも近所に移り住み、生活を手伝っている。

車窓からは、深い緑の木々と、そのはるか下方に流れる川が見える。トンネルをいくつか抜けると、列車は盆地に出る。視界が開けて空が大きくなる。その感覚が、メッシもゴッホも好きだった。

小学生のころ、夏休みと冬休みには必ず、こうして母親と一緒に特急に乗っておおばあちゃんちに遊びに行った。そのころはまだスマホも持っておらず、窓の外を眺めるのが移動中の唯一の楽しみだった。

メッシとゴッホは、そのころの感覚を久しぶりに思い出していた。

＊

駅に着くと、チエちゃんが迎えに来ていた。

「ありがとう。よくきたね。今、落ち着いてたから車で迎えにきたよ」

「ああ、助かった。乗り継ぎが良くないから夕方になっちゃうかと思ってた。これ、おおばあちゃん食べられるかな。岡山の白桃買って来た」

「食べられるかわからないけど、喜ぶよ。きっと」

ゴッホが、手に持っていた紙袋を差し出した。

おおばあちゃんちまで、駅から車で二十分ぐらいだ。

山小屋のような家につくと、おおじいちゃんがよろよろと歩きながら、目の前の畑できゅうりを収穫していた。ズボンのポケットに二、三本入っている。

「おお、いらっしゃい。アメリカから来たか」

母親が学生時代、アメリカに一か月ほどホームステイしていたことが記憶のどこかに残っているらしく、おおじいちゃんは、いつもこう言って迎えてくれる。

メッシとゴッホのことは、ここ数年はいつも忘れているが、しばらくすると畑のことを教えてくれたり、割り箸鉄砲を作ってくれたりもする。ひ孫であろうとなかろうと、子どもには誰にでも気のいいおじいちゃんだ。

「ただいま。アメリカから来たよ」

母親は否定することなく、ニコニコしてそう応えた。

「ほら、岡山の白桃買ってきた」

「おお、それはよろしいなあ」

アメリカ土産にどうして岡山の白桃なのかと思うが、おおじいちゃんはいつも大喜びだ。

「おおじいちゃん、白桃だけは忘れないねえ」

「うまいもんは忘れんよ」

どこまでわかっていてどこまで忘れているのかよくわからない会話も多い。

「お父さん、そろそろ中に入ってきてね」

チエちゃんはおおじいちゃんにひと声かけて、中に案内してくれる。

「おおばあちゃんが和室のベッドで寝てるの見るたび、どうしたんだって何回も聞くのよね。心配なのはわかるけど、さすがに説明するの疲れちゃった」

おおばあちゃんは自宅で訪問看護を受けていて、暖炉のあるリビングの隣の和室にベッドを置いていた。電動ベッドを起こして、少し斜めに座るような姿勢になっている。ベッドを平らにして横になると咳が止まらなくなるらしい。

元気はないが意識はあって、受け答えもできる。鼻から酸素吸入をしたまま小さく笑い、左手をあげた。

「おおばあちゃん、白桃買ってきたよ」

「ありがとう。おおじいちゃん喜ぶよ」

もともとは声の大きいおおばあちゃんだが、小さな声でゆっくり答えた。息が苦しそうだ。それでも、ハグしてほっぺをくっつけるいつもの挨拶は欠かさず三人にした。昔からハイカラな人だった。

「昨日の夜は苦しそうでね。もうこのところ食事もとれないし、水分を少し飲むだけなのよ」

和室から出て、チエちゃんはそう説明してくれた。

おおばあちゃんは十人きょうだいのいちばん上で、体調を崩した母親の代わりに女学生のころから弟や妹の面倒を見ていたという。弟や妹、その子ども、そのまた子ども合わせると親せきは大勢いて、つながりも深い。

その日の夕方から次の日にかけて、続々と親族が集まってきた。おおばあちゃんは来客があるたびに、か細い声で「ありがとう」とニッコリ笑うのだった。

＊

リビングはかなり広いが、その日はまるで正月のように大勢の親せきでごった返した。夕食をとると一組二組と帰路につき、最後に、おおばあちゃんのきょうだいの一番末っ子のおじさんと、おおばあちゃんの末娘の夫婦が泊まることになった。つけっぱなしにしていたテレビのニュースでは、原爆で亡くなった人たちの追悼式典の様子が流れていた。末っ子の八十二歳のおじさんが話し始めた。

「わしらきょうだいは岡山に住んどったけど、三番目のすず姉さんが広島で働いとってな。そのころは、大阪は空襲があるけど広島は空襲がないと言われとったんじゃ。なのに広島に原爆が落ちた。家族で心配しとったらしばらくして病院に入院してる知らせが来てな。おお姉さん、ああ、きみらのおおばあちゃんが会いに行きおった。わしは小学校入ったばっかりでよう覚えとらんけど」

おおばあちゃんは広島ですずさんの病院をなんとか見つけて駆けつけたが、その直前に体調が急変し、亡くなったと聞かされた。

「おお姉さん、すずがどんな体験したか、わからんかったいうて帰ってきた。すずは知らん土地で一人ぼっちで、どんなに不安じゃったろうと泣いとった。

あんたらのおおじいちゃんもすごい人でな。ボルネオで食べるもんがなくてジャングルで動物捕まえて食いつないだんじゃ。最後にはアメリカ軍の捕虜にもなったが、その班の偉い人がいい人で、無線を直したら大事にしてくれた、敵も味方もみんなおんなじ人間じゃ、ゆうとった。

戦争が終わってもなかなか帰ってこんから、死んだかと思ってたら、ある日突然ガリガリになって帰ってきてな。二人があの戦争で死んどったら、君らのおじいちゃんもお母さんもここにおらん。生きとるいうのはすごいことじゃ」

メッシもゴッホも戦争の話を親せきから聞いたのは初めてだった。この日まで、第二次世界大戦は歴史で習った一つの事実に過ぎなかった。原爆のことも教わったが、自分とは関係のない遠い出来事だと思っていた。

その夜、母親は、おおばあちゃんの和室に布団を敷いて寝た。メッシとゴッホは子どもの遊び部屋だった二階の屋根裏のようなところで寝袋で寝た。

明け方、おおばあちゃんの呼吸が不規則になり、痛みが強くなって訪問看護師が駆けつけた。救急車がきて、おおばあちゃんをストレッチャーにのせた。あっという間のできごとだった。

おおばあちゃんは救急隊員のほうに手を伸ばし、息も絶え絶えに何かをささやいた。

そのとき、何をささやいたのか、隊員の人が後でチエちゃんに教えてくれた。

「朝早くから申し訳ないねえ」

自分が苦しいときに隊員を気遣う人は初めてですと、救急隊員も驚いていたという。

その話を聞いて、おおばあちゃんらしいとみんなで笑いながら泣いた。

おおばあちゃんは、いつもの病院に緊急入院し、その日の午後、担当医の回診を待って、「ありがとうございました」と医師にお礼を言い、三十分後に亡くなった。

母親はメッシとゴッホの目の前で、大声を出してわんわん泣いた。隠すことなくあんなに泣いている姿を、二人は初めて見た。

病院を出ると、日は暮れ、空は赤く染まっていた。メッシが近所の大きな川で見た夕焼けも、ゴッホが美術予備校の屋上で見た夕焼けも、どれも地球の夕焼けだった。目の前の南アルプスがシルエットになって、昨日より大きく高くそびえて見えた。

＊

おおばあちゃんの告別式を済ませるとすぐにお盆に入ったので、三人はそのまま十日間ほど八ヶ岳のふもとで過ごした。

朝起きると、メッシとゴッホは毎日あてもなく散歩に出た。ワイファイが不安定で、スマホが使えない。特にすることもないので、散歩に行くしかなかった。

清里高原《きよさと》に近いその土地は、夏でも過ごしやすく、朝夕は風も涼しい。敷地が曖昧な別荘地の中を、雑草をかき分けてあてもなく歩く。

いい形の枝を見つけて振り回して歩いていると、小学校のころにタイムトリップしたような気がした。ここ数年は長期間滞在することも減って、あまり散歩に出ることもなかったが、そういえば昔、よくこうして二人で森を歩いた。

「昨日の夜さ、おおばあちゃんの本棚見てたら、『センス・オブ・ワンダー』があったんだよ。あの本、俺この間、『人生堂』で買ったんだ」

メッシはゴッホの背中に声をかけた。小学校のころは、背丈の高い草の向こうに見えるゴッホの頭を見失わないように、ドキドキしながら早足で必死についていったが、今ではそんな心配もない。

「へえ」

「おばあちゃんが読めって言ってくれたみたいな気がする」

「そうかもな」

子どものころは、ゴッホと二人、子どもだけで森に入ることが楽しくて仕方がなかった。葉っぱの先にたまった朝露をコップに集めたり、道のないところを探検したり、エビフライのような形をした木の実を集めたりしていた。エビフライのように見えたのは、リスがかじった後のまつぼっくりだった。

「お、エビフライ見つけた！」

「なんかこういうの、久しぶりだな」

森はあのころと変わらずにそこにあった。

『センス・オブ・ワンダー』で読んだ世界は、忘れていただけで、すぐそばにあった。幼い頃、胸を高鳴らせ探検していた感覚はすぐに取り戻せる。

カエルの卵を集めて孵化《ふか》させたり、虫の死骸を集めたりもした。森では日々、いろいろな生き物が生まれては死んでいく。

そして、森で見つけた小さな命と同様に、自分自身も生まれて死んでいく命の一つであることが不思議だった。この虫の命と、自分の命、どう違うんだろう。森は楽しい遊び場だったが、一人で出かけるには怖いところだった。どこか違う世界のずっと奥のほうに飲み込まれてしまうような怖さがあった。

「お前さあ」

ゴッホが前を向いたまま話し始めた。

「戦争の話、聞いたことあった？」

「おおじいちゃんもおおばあちゃんも、俺らにあんまり話さなかったよね」

「なんか俺、何にも知らないんだなと思ったよ」

「うん。俺も、最近よくそう思う」

「今日、終戦記念日だろ。今まで気にしたことなかったけど、戦争が終わってなかったらどうなってたんだろ。俺らが生まれてきたのって、すごくない？」

ゴッホは突然立ち止まり、細長い葉っぱをちぎって指に挟むと、ピーッと大きな音で草笛を鳴らした。

＊

おおばあちゃんの小さな本棚の中に、メッシは『いしぶみ　広島二中一年生全滅の記録』という本を見つけた。真っ赤な夕焼けを背景に立つ、原爆ドームの写真が表紙になっている。おおじいちゃんとチエちゃんに頼んで、借りて帰った。

その本には、中学一年生の男子生徒がどんな体験をしたかが克明に記録されていた。メッシと同じ年ごろの少年たちだ。

河本くんという少年の日記の抜粋からは、さまざまなことが伝わってくる。中学校への初登校に胸を躍らせていること、ヒヨコを買ったこと、自転車を直して遊んだこと、おはぎを食べたこと。戦時中でも小さな楽しみがあったことがわかる。夏になるとヒヨコはニワトリになり、安全だと言われていた広島も空襲を受け、町が緊迫していく様子が記されている。河本くんの日記は原子爆弾で亡くなる二日前で終わっていた。

他にも、広島二中のたくさんの一年生が、どのように命を落としていったかが書いてあった。

この本の元になったテレビ番組を制作した広島テレビ放送の吉野友巳《ともみ》さんは、「はじめに」をこう締めくくっている。


なにが少年たちをこんな目にあわせたのか、これをしっかり考えていただきたい。

そして、現在の幸福を感謝しつつ、二度とこんな無惨なことをくり返さないためには、人間はどうあらねばならないかを、わたしたちといっしょに勉強してゆこうではありませんか。


この本は、大きな文字で振り仮名を振ってある子ども向けの本だった。おおばあちゃんは、いつ、どんな思いでこの本を手にしたのだろうか。妹のすずさんが広島でどんな体験をしたのかを、この本から読み取ろうとしたのだろうか。

メッシは『いしぶみ』の感想を手紙に書いて、チエちゃんとおおじいちゃんに送ることにした。おおじいちゃんも読めるように大きな字で書いた。

自分がおおばあちゃんの代わりに、いつか誰かに伝えられるように、この本を譲ってほしいと手紙で伝えた。

＊

ゴッホは帰宅してから「人生堂」の前を何度か自転車で通ったが、店はしばらく開いている様子が見られなかった。

三日目、閉じられたドアに貼ってある小さな紙に気がついた。

「誠に勝手ながら、八月は一か月お休みして本を読みます　店主」

ゴッホはそのメモを声に出して読むと、「字が小せえんだよ」と文句を言った。

おおばあちゃんの死は、ゴッホにとって身近な人の初めての死だった。

八ヶ岳で過ごした十日間は、これまで普通に過ごしていた毎日を大きく変えてしまった。死は遠いものだと思っていたが、実はすぐそばにあった。森で感じた自然は、町の中にも見つけられるようになった。自分がどんどん小さくなっていくような気がしていた。

死、戦争、雄大な自然について考え始めた自分と、今までの日常の間は透明なガラスで遮られているように感じていた。

友達とラインをしていても、ちぐはぐな感じが拭《ぬぐ》えない。これまでと同じことをしてもちっとも楽しくないし、虚しささえ湧き上がってくる。

「生きる意味ってなんだろう」

美術予備校の夏季講習は明日から始まる。いよいよエンジンをかけていきたいところだが、気持ちが絵に向かわない。

「サイトウさん、肝心なときに休むなよ。なんかヒントくれよ」

店の大きな窓は暗く、中は見えなかったが、ガラスにぴったり顔をつけて手で横から入る光を遮ると、店内がうっすら見えた。

ゴッホは目を凝らして中を見た。

いつもゴッホが座っている折りたたみの椅子が開いておいてあり、その上に一冊の本がある。白い表紙で、真ん中に星のマークの絵のようなものが描かれていた。

目を凝らすがどうにもタイトルが読めないので、スマホのライトをつけて、ガラス窓にレンズをピッタリとつけ、写真を撮って画面を拡大した。

タイトルは『夜と霧　新版』と書いてある。ネットで検索すると、作者は心理学者のヴィクトール・E・フランクル。ナチスドイツの強制収容所、アウシュビッツの体験記録だとわかった。

ゴッホはすぐにでも読みたいと思い、図書館にその足で向かった。

*

ゴッホは家に帰ると部屋にこもり、本を開いた。

そこには、想像を絶するような事実が冷静な視点で書き綴られていた。

ナチスドイツやヒットラーについては、世界史の授業や映画などでなんとなく知ってはいたが、実際に強制収容所に収容されていた人たちがどんな生活を送り、どんなことを感じ、考え、生きていたのかを知らなかった。

一晩で読み切った後、ゴッホはもう一度全体を見直した。そこに、答えらしきものを見つけた。

ここで必要なのは、生きる意味についての問いを百八十度方向転換することだ。わたしたちが生きることからなにを期待するかではなく、むしろひたすら、生きることがわたしたちからなにを期待しているかが問題なのだ、ということを学び、絶望している人間に伝えねばならない。哲学用語を使えば、コペルニクス的転回が必要なのであり、もういいかげん、生きることの意味を問うことをやめ、わたしたち自身が問いの前に立っていることを思い知るべきなのだ。生きることは日々、そして時々刻々、問いかけてくる。わたしたちはその問いに答えを迫られている。考えこんだり言辞を弄《ろう》することによってではなく、ひとえに行動によって、適切な態度によって、正しい答えは出される。生きるとはつまり、生きることの問いに正しく答える義務、生きることが各人に課す課題を果たす義務、時々刻々の要請を充たす義務を引き受けることにほかならない。

「ひとえに行動によって、適切な態度によって、正しい答えは出される」ゴッホは声に出して読んでみた。ここでいう「正しい答え」は、ペーパーテストや入試で求められるたったひとつの正解ではないような気がした。

わたしたちは生きる意味というような素朴な疑問からすでに遠く、なにか創造的なことをしてなんらかの目的を実現させようなどとは一切考えていなかった。わたしたちにとって生きる意味とは、死もまた含む全体としての生きることの意味であって、「生きること」の意味だけに限定されない、苦しむことと死ぬことの意味にも裏づけされた、総体的な生きることの意味だった。この意味を求めて、わたしたちはもがいていた。

圧倒的な事実としての体験を前にして、ゴッホは自分の経験などは本当に薄っぺらいものだと打ちのめされた。

今はまだ、こんな境地が実感として到底わかるはずもないけれど、自分は自分なりにもがいて、いつか分かりたいと思った。

*

ゴッホは、サイトウさんに伝えたいことがたくさんあった。

サイトウさんには、母親には恥ずかしくて話せないことも素直に話せたし、話しているうちに自分の考えがまとまっていくことが多い。

母親が仕事の打ち合わせに出かけたので、二人で昼食のそうめんを食べながら、ゴッホはメッシに話しかけた。

「『人生堂』、八月は一か月休みなんだって。小さい張り紙してあったよ。自分が本読みたいから休みだってさ。古本屋だからいつでも読めそうだけどな」

「え、そんなに休みなの？」

「それから、父さん、来週一回帰ってくるんだって。おおばあちゃんの葬式には間に合わなかったけど、お参りに行きたいって」

「マジ？　二年ぶりくらいかな」

二人の父親は戦場カメラマンで、世界中の紛争地を転々としていた。一度取材に出かけると年単位で滞在するため、母親は父のことを「船乗りみたいなもんね」とよく言っていた。

「父さんの仕事、今まで話聞いてもよくわからなかったけど、今度はもっといろいろ聞いてみようかな」

「そうだね。今までより、俺も話すことありそうだ」

メッシもゴッホも、これまでどこか距離を感じていた父親に、少し近づいたような気がしていた。

「それでさ、俺、父さんに会う前にサイトウさんに手紙書こうかと思って。時々、店にいくとサイトウさん手紙くれてたんだけど、返事書いたことなくてさ。お前も手紙もらったことある？」

メッシの目が輝いた。

「それ、いい考えだね。俺も手紙もらったことあるけど、いつも返事は書かないで店に行って話してた。俺も今、書きたいことといっぱいあるんだ」

メッシも、おおばあちゃんの死をきっかけに体験した十日間と、そこでの自分の変化、本との出会いについて、言葉にしておきたいと考えていた。

「サイトウさんにさ、この本良かったよって、何か一冊勧めようかな」

「そうだよな。俺らも教えてもらうばっかりじゃなくてさ、たまには教えてあげないと。じゃ、手紙書いたら一緒に封筒に入れて送るか。俺たち、兄弟なんだって知ったら驚くかもよ」

「ま、そこは別々でしょ」

「んじゃ、それぞれ書いて店のポストに入れておこうぜ」

サイトウさんからの手紙

メッシくん、ゴッホくん。

二人から、初めての手紙を受け取りました。本当にありがとう。店には週に一度行っているのですが、気づくまでに少しタイムラグがあったかもしれません。

僕は手紙を書くのが好きだけど、手紙をもらうのもとてもうれしいものですね。別々にもらった手紙だけど、伝えたいことが同じなので、あえて二人に宛てて返事を書いています。

最初に「人生堂」に来てくれたのはたしかメッシくんだったね。僕が店をオープンしたばかりで、お客さんも来なくて不安になっていた時期だ。それからしばらくして、ゴッホくんも日が暮れた後に突然やってきた。

実は、ゴッホくんが来たとき、メッシくんと少し目元が似ている気がしたんだ。だけど、熱中していることや話の内容があまりにも違うから兄弟だとは気づかなかった。でも、それぞれと話をしているうちに、どうも兄弟なんじゃないかなと勘ぐっていたんだ。

今回の二通の手紙で「おおばあちゃん」のことが書いてあって、僕の中でいろんなことがようやくつながりました。

「おおばあちゃん」がお亡くなりになったことは本当に残念だけど、とてもたくさんのことを君たちに伝えてくれた素敵な人だということが伝わってきました。


僕たちが出会ったあのころ、メッシくんもゴッホくんも、あまり本を読まないと言っていたよね。そんな君たちが、本を一冊読むたびに目を輝かせ、大きく変わっていく姿を見るのを僕はいつも楽しみにしていたんだ。

そして、二人の姿を見ながら、僕は自分自身が本に夢中になった十代のころの忘れていた自分を思い出していた。

「人生堂」を作って君たちのような素晴らしいお客さんに恵まれて、この本がいいよ、あの本がいいよと勧めてきたけれど、さて、今の自分は君たちのような驚きや喜びを持って本を読んでいるのかと逆に問われているような気がしたんだ。

それで、思い切って一か月休んで、僕も新しい気持ちで本に出会いたいと思った。この休みはとても有意義だったと思っている。部屋にこもって、仕事は最低限に減らして、自分がただ読みたい本をたくさん読んだ。

そんなときに、君たち二人からの手紙を店のポストに見つけたんだ。

君たちは、自分の生きている世界での体験と、知りたいという興味や探究心を働かせ、自分で選んで本を読み、しっかりと自分のものにしている。

自分一人ではうまく言葉にならないことも、本を読むとそこに何かヒントを見つけたり、ピッタリ来る表現を見つけたりすることもできるって、きっと感じてくれたんだろうと思う。

誰かと話をするように本を読めば、自分が抱えているモヤモヤした疑問やつかみ所のない気持ちが言葉になることもある。

最近ようやく気がついたのは、僕は本が大好きだけど、実はそれは、人間や人間が生きているこの世界にとても興味があるからかもしれないということだ。

どの本もみんな、誰かが書いている文章だ。そこには誰かの体験や、誰かが頭の中で考えたことや、誰かが心で感じたことが書いてある。

実際には見えない空想の世界や、想像の世界も文章を読めば、自分の頭の中にその世界が広がっていく。はるか昔の人や、遠い国の人でも、その人と心を通わせることができる。

「人間って面白いなあ」「世界って素晴らしいなあ」

僕にとって本は、そんなことを感じられる不思議な道具なんだ。小さな紙の束の中に無限に広がる可能性を、ぜひ有意義に使ってほしい。

おっと、こんなことは君たちに言う必要はなくなったなあと二人の手紙を読んで思っていたのに、また書いてしまった。これだからおじさんは困るね。

僕が今までに紹介した古典や名作、ドキュメンタリーだけでなく、恋愛小説だって、SF小説だって、その作者が世界をどう捉えているかとか、人間をどう捉えているかを十分に感じられる作品がまだまだたくさんある。

ジャンルにとらわれずに、まずは手にとって、いろんな本を開いてみるといい。最初の数ページを読んで、パラパラと気になるところに目を通して、読みたいと思えば読んでみる。今はあんまり心惹かれないと思えばまたいつか読めばいい。

本との出会いは人との出会いと同じ。タイミングも重要なんだ。そういう意味では、僕たちはいいタイミングで出会えたんじゃないかな。そしてもう一つ、本は、必ず今よりも過去に書かれたものだけど、これから自分たちがどんな世界に生きていくのか、未来を見通す望遠鏡の役割を果たすこともある。そのことを、君たちもきっと実感できる日が来るはずだ。

これからは、「この本を読んでこんなことを考えた」って、僕にもぜひ教えてほしい。たくさんの本に出会って、僕だけじゃなく、君たちの大切な人に、素敵な友だちを紹介するように、本を紹介してくれることを願っているよ。

そして、「人生堂」にいつでも気軽に遊びに来てください。

また会える日を楽しみにしています。

あとがき

物語には、力がある。

そして、物語の中のセリフは、場面とともに、心に残る。

これまでたくさんの小説や漫画といった物語を読みながら、そう感じてきました。そこで、チャレンジ企画として、この本は、ストーリー仕立てにしてみました。

この作品は、もちろんフィクションなので、サイトウさんは、私自身ではありませんが、似た所もあります。

人生堂という古書店は、私にはピッタリの場所です。学生時代から、古書店には毎日のように行っていました。私の勤務する明治大学は、古書店の街、神保町と隣り合わせです。

中学生時代から、人生とは何かについて、考え続けてきましたので、人生堂は、しっくりきます。

本を勧めるのは、大学の教員ですから、仕事になっています。というより、若い人と学び合うのは、私にとっては、仕事というより、祝祭です。

この本もまた、私にとっては、ニーチェ的な祝祭です。みなさんにとっても祝祭であれば、うれしいです。

このあとがきを書いている、2020年5月現在、世界は新型コロナウイルスとの戦いの真っ只中にいます。

未体験ゾーンに入った経験は、人生観にも影響を与えます。

本文中で紹介した『夜と霧』の言葉のように、「わたしたち自身が問いの前に立っている」んだと思います。この状況が問いで、自分の行動が問われています。

この状況を、どのように糧にするか。

ステイホーム期間中に、本を読み始めた人もいるかと思います。精神的に不安定になりがちなときに何をしたらいいか。

おいしいものを食べ、からだを動かして、よく眠る。この基本に加えて、精神の糧を書物から得る。

自分の状況と書物をつないで考える。

精神にこそ糧が必要なのです。

この本には、人と人の縁が出てきます。私自身、人生を振り返ると、縁のチカラを感じます。

ふとした縁で出会った人がきっかけで、人生が変わる。これはよくあることです。

この本を手に取ってくださったのも、何かの縁です。

この本以前には私のことを知らなかった方もいらっしゃると思います。とはいえ、『にほんごであそぼ』という番組を見たことのある人とは、すでにご縁があります。

『声に出して読みたい日本語』という私の本がベストセラーになった時、ＮＨＫ・Ｅテレのプロデューサーの方が、この本を子ども番組にしたい、といってくださって以来、ずっと総合指導として、主に言葉選びやチェックをしています。ですから、あの番組を見てくれた人とは、言葉でつながっています。

言葉には、チカラがあります。

そのチカラは、個人を超え、時代を超えて、伝わっていきます。

この本にも、勇気づける言葉のチカラがあることを願っています。

言葉のチカラを信じて、力強く生きていきましょう！

この本が形になるに当たっては、太田美由紀さんと、文藝春秋社編集部の武藤旬さんに多大なご協力をいただきました。まさに縁あって、お二人とのチームプレーで、作品ができました。ありがとうございました。

齋藤孝

本書で紹介した本

1

井上雄彦『スラムダンク』（集英社ジャンプコミックス）
松本大洋『ピンポン』（小学館ビッグコミックス）
ニーチェ『ツァラトゥストラ』（中公文庫）

2

ヴィンセント・ヴァン・ゴッホ『ゴッホの手紙』（岩波文庫）
棟方志功『板極道』（中公文庫）
棟方志功『わだばゴッホになる』（日本図書センター）
夏目漱石『私の個人主義』（講談社学術文庫）
志賀直哉「清兵衛と瓢簞」（岩波文庫『小僧の神様』所収）

3

桑田真澄「独白」（文・石田雄太／『Number』2018年9月27日号）
福澤諭吉著／齋藤孝訳『現代語訳　学問のすすめ』（ちくま新書）
ムハマド・ユヌス『貧困のない世界を創る』（早川書房）

4

デカルト『方法序説』（岩波文庫）
レオルド・ダ・ヴィンチ『レオナルド・ダ・ヴィンチの手記』（岩波文庫）
ヘレン・ケラー『わたしの生涯』（角川文庫）

5

森鷗外「杯」（筑摩書房『森鷗外全集　第一巻』所収）
宮沢賢治「よだかの星」（ちくま文庫『宮沢賢治全集５』所収）
黒柳徹子『トットちゃんとトットちゃんたち』（講談社青い鳥文庫）
黒柳徹子『窓ぎわのトットちゃん』（講談社文庫）

6

大友克洋『ＡＫＩＲＡ』（講談社ＫＣデラックス）
河野裕子・永田和宏『たとへば君　四十年の恋歌』（文春文庫）
ポール・モラン『シャネル――人生を語る』（中公文庫）

7

宮崎駿『風の谷のナウシカ』（徳間書店アニメージュコミックス）
レイチェル・カーソン『沈黙の春』（新潮文庫）
石牟礼道子『苦海浄土　わが水俣病』（講談社文庫）
レイチェル・カーソン『センス・オブ・ワンダー』（新潮社）
中村哲『天、共に在り　アフガニスタン三十年の闘い』（ＮＨＫ出版）

8

広島テレビ放送編『いしぶみ　広島二中一年生全滅の記録』（ポプラポケット文庫）
ヴィクトール・Ｅ・フランクル『夜と霧　新版』（みすず書房）

取材・構成＝太田美由紀
装画＝羽賀翔一
挿画＝村上テツヤ
装丁＝中川真吾

齋藤孝（さいとう たかし）

一九六〇年、静岡生まれ。東京大学法学部卒業。東京大学大学院教育学研究科博士課程等を経て明治大学教授。専門は教育学、身体論、コミュニケーション論。『声に出して読みたい日本語』『身体感覚を取り戻す』（新潮学芸賞受賞）『理想の国語教科書』など著書多数。NHK Eテレ「にほんごであそぼ」総合指導。

未来《みらい》の自分《じぶん》に出会《であ》える古書店《こしょてん》

二〇二〇年八月五日　第一刷発行

著者　齋藤孝
発行者　大川繁樹
発行所　株式会社　文藝春秋
〒一〇二-八〇〇八　東京都千代田区紀尾井町三-二三
電話　〇三-三二六五-一二一一(代)

印刷所　大日本印刷
製本所　大口製本

万一、落丁・乱丁の場合は送料小社負担でお取替えいたします。小社製作部宛、お送りください。定価はカバーに表示してあります。

 ISBN978-4-16-391247-9　Prin

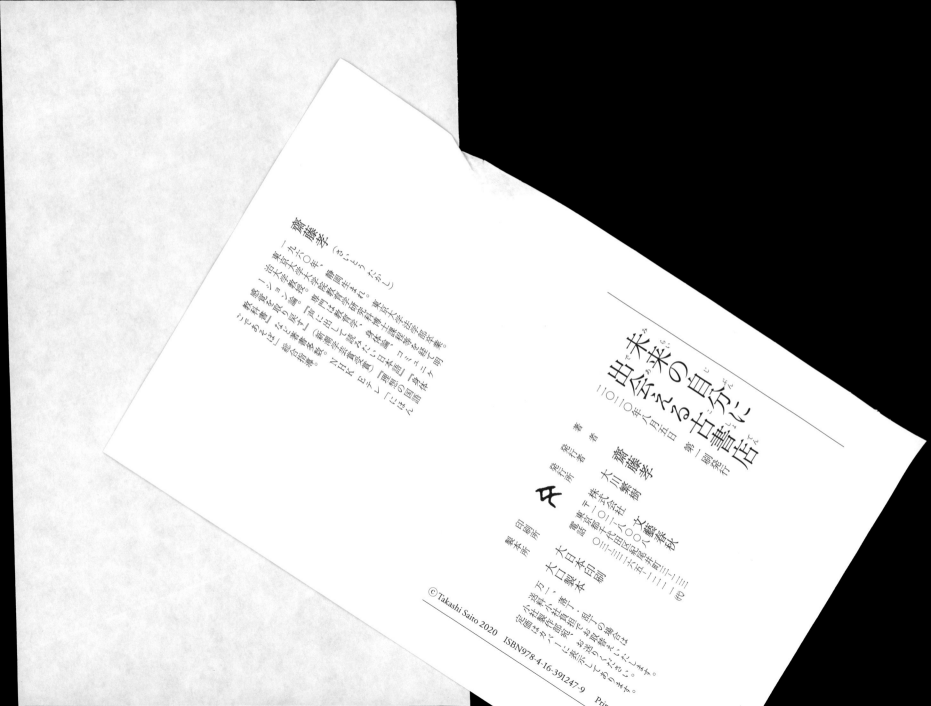